Некромант до планів не входить

Olena Shevtsova

Published by Olena Shevtsova, 2024.

This is a work of fiction. Similarities to real people, places, or events are entirely coincidental.

НЕКРОМАНТ ДО ПЛАНІВ НЕ ВХОДИТЬ

First edition. July 17, 2024.

Copyright © 2024 Olena Shevtsova.

ISBN: 979-8227232748

Written by Olena Shevtsova.

Зміст

ГЛАВА 1 - Фамільяри бувають різні, але якщо ваш фамільяр білка..1

ГЛАВА 2 - Чому люди, звертаючись по допомогу, завжди починають здалеку?...10

ГЛАВА 3 - Погост, старий ліс.................................19

ГЛАВА 4 - Некромант...30

ГЛАВА 5 - Замок Південного клану. 55

ГЛАВА 6 - Суджений, не суджений. Чоловік? 67

ГЛАВА 7 - Замок Південного клану. 77

ГЛАВА 1 - Фамільяри бувають різні, але якщо ваш фамільяр білка...

- Стій, поганка дрібна! Приб'ю! Чесне слово, приб'ю! А ну, віддай мені волосся негайно! Зараза руда! - з моїх губ зривалися виключно хитромудрі фрази, які навряд чи можна було б назвати ввічливими або розумними висловами, гідними вихованої леді. Але я ж відьма! Мені можна, особливо коли емоції вирують і вимагають виходу.

Я бурчала і лаялася, скрутившись у три погибелі, намагаючись протиснутися під вузький кам'яний прилавок. Мало того що це завдання не з легких саме по собі, так спробуй ще виколупати з вузької щілини, розташованої в найдальшому кутку, руду нахабну білку, яка вкрала в мене волосся єдинорога та сховалася там, злісно виблискуючи на мене своїми оченятами.

- Вистачило ж розуму взяти собі білку фамільяром! - обурилася я на саму себе. А кого тут ще можна звинувачувати? Тільки себе рідну! Звірятко сподобалося... - Та ти знаєш, що я за цю волосину степовому орку жменю квіток синьої папороті відсипала?!

- Не віддам! - прошипіла у відповідь Руда, струснувши головою, не особливо вразившись моїми словами. Вона ще глибше втиснулася в щілину і любовно притиснула до своєї пухнастої білої груді довгу блискучу волосину з гриви єдинорога, затиснуту в маленьких білячих лапках.

- Наступного разу сама підеш у повний місяць на цвинтар! Будеш там квітки синьої папороті шукати! - злісно пробурчала я, карбуючи кожне слово, і примружилася. На язиці крутилися й інші нецензурні фрази, але варто було спробувати достукатися до жадібної свідомості мого фамільяра по-хорошому. Ну, майже по-хорошому... Завдання не з легких, але іноді вирішуване. - Та зрозумій ти! - гаркнула я й обурено вдарила долонею по дерев'яній підлозі. - Якщо ми зілля для старости не зваримо в точно обумовлений термін, він нас такими податками додатковими обкладе... - я зло видихнула. - І адже не тільки це! Це все квіточки! Старий жлоб знову буде пускати слух по селищу, що відьми їм тут не потрібні і що від відьом усі біди. А ще з великим задоволенням напише донос у пресвітлий храм - там, між іншим, інквізиція влаштувалася. Давно ми з тобою від "добрих" людей, які хотіли нас на багатті спалити, не бігали?

- Так віддай йому якусь зі склянок із готовим уже зіллям, як раніше, нехай відв'яжеться від нас! Он їх скільки в тебе! Червоненькі, зелененькі... - обурилася білка. - Він у них усе одно нічого не розуміє! Сама казала, що сила самонавіювання дуже багато значить для людини! Часом зцілюється той, хто просто вірить в успіх і диво. От нехай сам собі й навіює, що вилікувався від своїх чоловічих проблем, - буркнула ображено Руда, а сама покосилася на волосину, яку тримала в лапках, і клацнула зубами. - Хіба можна таку красу в зілля? Це ж святотатство! Ти подивися, яка вона гарна, яка блискуча! У-у-у-у... - у неї навіть голос змінився, затремтів від захвату. - Не віддам!

- А ну, йди сюди, клептоманка дрібна, - прошипіла я, старанніше втискуючись між ніжок прилавка і намагаючись пролізти ще далі, щоб нарешті дотягнутися до її затишної криївки.

Простягнула руку, спробувала схопити за пухнастий рудий хвіст. З досадою відчула, як тонкі шовкові волосинки прослизнули між моїми пальцями, а Руда ще глибше втиснулася у свій вимушений притулок і вискалила на мене різці. Навіть заричала!

Треба ж, на кого зуби скалить і не боїться головне!

Я просто розчулилася від такого звірячого виразу на білячій мордочці. Їй-богу, перевертень би побачив, позаздрив би, навіть вони так професійно скалитися не вміють. Висловити в одному виразі мордочки всю марність буття, образу, жадібність і погрозу: "тільки спробуй забрати, палець відкушу!"

НЕКРОМАНТ ДО ПЛАНІВ НЕ ВХОДИТЬ

Так, у мене талановитий фамільяр! Наступного разу на цвинтар із собою візьму, буду небіжчиків нею лякати. Чому мені така розумна думка прийшла тільки зараз? Тут талантище пропадає, а я самотній біг із перешкодами практикую...

- Моє! - завищала Руда, переходячи на ультразвук. У мене навіть око сіпнулося. Вона верещала, намагаючись лапами підчепити свій хвіст, щоб заховати його від мене подалі.

- Твоє? - обурилася я. - Та я півночі через могили стрибала, граючи з місцевими упирями в догонялки. У дитинстві так не бігала! А потім до ранку на височенній сосні просиділа в обнімку зі стовбуром дерева, чекаючи світанку, як тобі? Ти ж знаєш, що я висоти боюся! А ну поверни волосся, поганка дрібна! Мені до вечора зілля "Сили" зварити потрібно!

- Так вари! Чого ти до мене причепилася? Бачиш, тобі є чим зайнятися, - резонно зауважила вона. Руда нахаба однією лапою тримала свій хвіст, а іншою - волосину єдинорога, все це любовно притискаючи до своїх грудей. - Він мені в колекцію потрібен, а заради мене ти вдруге на цвинтар не підеш, щоб квітів папороті назбирати, а потім виміняти їх на ще одну волосину єдинорога в орків. Знаю я тебе, що тобі страждання бідного, маленького фамільяра! Ніхто мене не любить... - жалібно захрипіла паршивка.

- Що значить вари? - моєму обуренню не було меж. - Зілля без волосини єдинорога силу чоловічу цьому пню трухлявому і стурбованому, ще на додачу старому і противному, не відновить, - я зло примружилася. - Думаєш, він такої маленької деталечки не помітить, коли по бабах піде ефект перевіряти? Ще більше на мене розлютиться! Я, звісно, минулого разу зменшила йому і його підлабузникам запал у питаннях шкідництва відьмам, але хто сказав, що йому розуму не вистачить викликати інквізитора просто сюди? Не хочу з місця зриватися знову, місця тут хороші, тихі, ніхто зайвих запитань не ставить... Майже не ставить, - зітхнувши, поправила себе і, посміхнувшись, промовила. - А головне - родички улюблені не можуть мене тут знайти. Їм і в голову не прийде мене в такій глушині шукати. А в перегони знову подаватися через твою жадібність? Забула, як ми з тобою по лісах та ярах ночували з однією скоринкою хліба на вечерю? Набридло! Це ти шишками перекусити можеш, а я ні!

- За папороттю ще раз підеш? - моя білка спочатку любовно покосилася на волосину в лапі, а потім злісно й ображено подивилася на мене.

- Зовсім здуріла? - у мене навіть очі від такого нахабства фамільяра розширилися і щелепа відвисла. - Мене минулого разу лісоруб із сосни дві години знімав. Уяви собі, не міг мої руки від дерева відчепити. А коли від стовбура віддер... я потім за кожну гілку чіплялася! Мужик надовго це запам'ятав! І я теж! Тепер мені всю його немаленьку сім'ю безоплатно лікувати доводиться і пороблення знімати. А вони, як на зло, просто нариваються на неприємності! От воно мені треба? Тепер після кожного "чиха" до мене біжать!

- Тобто, в теорії від мерців побігати ти не проти. Уся заковика в деревах? - зробила ця поганка свої висновки. - Знаєш... Я тут подумала, ти просто не в той бік побігла. Наступного разу від цвинтаря не в бік лісу біжи, там, де дерев багато, а в поля. Проблему вирішено! Немає дерева - немає страху висоти, немає проблеми! - задумливо промовила Руда і так нахабно подивилася на мене, немов уже все вирішила за нас обох. Я аж закашлялася, ледь не подавившись від обурення!

- А може, ти сама туди сходиш? Замість мене? Я не зла, я тобі навіть шлях укажу, можу й провести! Пнути під хвіст для прискорення! - обурилася я, активніше втискуючись під прилавок і перевертаючись на бік, так буде простіше пролізти.

- Ти що? І свою шляхетну шерстку зіпсувати в тому бруді й пилу? - Руда негативно похитала головою. - Я твоїм зовнішнім виглядом минулого разу намилуватися встигла. Додому прийшла під обід: брудна, зла, волосся сплутане, в ньому гілки стирчать, ще на додачу голки соснові та листя дубове. І все це багатство в різні боки стирчить. Ні, я, звичайно, все розумію, екстравагантно, але... А одяг? Весь подертий, у дірках, на обличчі грязьові розводи. Красуня! Натуральна відьма! Хоч портрет пиши й одразу до ельфів на виставку... - хихикаючи, промовила Руда. - Слухай... А це ж ідея! Ось тоді ти образу темної відьми повністю відповідала! Можна сказати, виправдала очікування! Може, й правильно, що ти вирішила саме цей образ на себе приміряти? - задумливо проговорила вона. - Ти, до речі, помітила, що в тебе після цього випадку й клієнтів побільшало? Роби висновки!

- І не шкода тобі господиню свою? - похмуро запитала я Руду поганку.

- Шкода, - зітхнула Руда бестія, клацаючи зубами. - Але волосину єдинорога мені шкода більше! Вона одна... поки що. Ох, бідна я нещасна... Ніхто мене не любить...

- Ну все, дістала, - я, нарешті, втиснулася під прилавок і зробила різкий кидок уперед, щоб схопити цю дрібну нахабу.

Руда дрібнота завищала, підскочила і, перестрибнувши через мою руку, вивернулася, зробила сальто в повітрі, показуючи чудеса акробатики, і пірнула в наступний отвір прилавка, забираючи з собою волосину єдинорога. Мені довелося, немов змія, повзти між ніжок, стіночок і поличок, щоб спробувати її наздогнати.

А головне, що найприкріше... адже не зламаєш цей чортів прилавок! Ексклюзивна кам'яна споруда від гномів із Серединних земель, зроблено на століття. Усе передбачено: полички, стійки, місця для схрону в разі несподіваної появи інквізиції. От тільки чому вони не передбачили такі нестандартні ситуації?

Та тому, що це тільки мені так щастить! В інших фамільяри притомні, на клептоманію не страждають!

Я - Айвана Родеріг, відьма у двадцятому поколінні, Вища Відьма Ковена роду Родеріг, для друзів просто Айка. Тільки ось цих друзів у мене один-два і кінець. Навіть із родичами, точніше з бабусею своєю, примудрилася посваритися. А спробуй тут не посваритися, коли тебе за некроманта заміж намагаються видати. Ну і що, що ми з ним суджені. От радості серед небіжчиків жити…

Вони ж, некроманти, на всю голову хворі, з фантазією у них не дуже, і замки, в яких живуть, усі похмурі як на підбір, холодні й незатишні, зі слуг - тільки зомбі. Некроманти воліють мінімізувати навколо себе прислугу з живих, теплих людей, посилаючись на специфіку своєї магії і бажання жити в тиші.

Ага, як же, так ми їм усім і повірили. Просто будь-яка притомна людина віддає перевагу суспільству собі подібних, цілком живих істот, а не холодних ходячих трупів. Ось від них - некромантів і тікають, немов від пожежі або стихійного лиха. А ці похмурі типи вигадали для себе ось таке виправдання і розраду. Правду визнавати ніхто не хоче! Особливо, якщо вона болюча. Принаймні так казала моя вчителька з дрібної нечисті.

І от як жити з таким чоловіком? Я ліс, природу люблю, а він… Ось уже справді дві половинки одного цілого… Як Богиня Відьма могла таке допустити, щоб моїм судженим некромант виявився? А їй, бабусі моїй, бачте, правнучку подавай, спадкоємицю відьомського роду Родеріг. Причому терміново! Бо внучка надій не виправдала!

А з народженням дітей у нас, відьом, туго, тільки від судженого народити можемо. У некромантів, власне кажучи, такі самі проблеми з дітонародженням. Саме через це нас мало!

Треба ж було богам так розгніватися на нас обох, щоб пов'язати його зі шкідливою та егоїстичною відьмою, а мене - з холодним і теж егоїстичним некромантом. Наші життя сплелися в одну ниточку.

Я тужливо подивилася на зап'ястя своєї руки, на якому красувався потемнілий за контуром, красивий і витончений візерунок чорної лілії, обплетеної зеленим плющем. Знак роду

НЕКРОМАНТ ДО ПЛАНІВ НЕ ВХОДИТЬ

Мерстинів і Родеригів. І адже не зітреш, не випалиш, боги свій вибір зробили, і він оскарженню не підлягає. Боги...

Вони з'єднували, на їхній божественний погляд, найбільш підходящі одна для одної пари, обдаровані силою. Ну правильно, вони з'єднали, а мучитися все життя нам!

І де тільки я проштрафитися встигла? Начебто зла не творила, мати моя, богиня Відьма, за що ж прогнівалася на мене? А ти, мати Природа? Жила в добрі, горя не знала... ну... дрібні капості робила, уїдливо... але я ж відьма! Природа в нас така!

А зараз вимушено проживаю в забутому богами маленькому містечку Урус біля самого краю людських земель. Ці землі межують із володіннями степових орків, тож на вулицях дрібних міст зустріти зеленомордого не така дивовижна рідкість, як у центрі людського царства.

Народ тут стресостійкий, до різних неприємностей звичний. Тож появу однієї маленької відьми в їхньому містечку вони винести змогли, і поступово навіть звикли до мене і змирилися. Спочатку в багнети сприймали, навіть на багатті спалити хотіли, але то більше з навчання старости. Злісний і противний тип...

Довелося мені особливо активних людців прокльонами різного роду нагородити, щоб активності в них поменшало. Потім два тижні навколо моєї крамниці кола накручували, обходили, щоб зняла чари, задобрювали як уміли. А я добра... майже! Як третій тиждень від накладення прокляття пішов, так і пошкодувала. Адже я справді зовсім не зла, навіть навпаки - добра, десь там усередині, глибоко так усередині, якщо добряче покопатися і пошукати совість.

А ось зі старостою справи йдуть гірше, довелося порозумітися, хоч особливо не хотілося. Довго ми один на одного поглядали, а потім я з духом зібралася і прийшла до нього в гості зі своєю настоянкою з мухоморів, так би мовити, познайомитися і, нарешті, поговорити по душах. Що ж, спільну мову ми зрештою знайшли, хоч під ранок мене дикий головний біль мучив. Так і домовилися, що я зрідка по дрібниці буду суспільно корисні замовлення виконувати на благо містечка, а він про мою присутність забуде. Точніше зробить вигляд, що все так, як і має бути.

Тільки пика ця хитра, ще й для себе в особистих цілях у дрібниці все випрошувати став. Робити було нічого, погодилася і на це, але в помсту повністю головного болю з нього тоді не зняла. Запам'ятав гад!

Ось зараз він за вдовою купецькою позалицятися вирішив. Вона жінка видатна, в тілі й при великих грошах. Головне, сама залишилася одна, так би мовити, сама-самісенька, і він неодружений. А куди жінці в таких місцях диких самій жити? Вона ж не відьма, як я. Це староста так міркує. Щоправда, цей цап у людській подобі перший час і в мій бік косився, але все ж вирішив не ризикувати, і я з полегшенням видихнула...

А зараз цей "хороший" чоловік вирішив поєднати приємне з корисним. Та тільки дама вимоглива виявилася, а він у віці тому, коли очі ще хочуть, а інші частини тіла й органи через раз працюють. Але від грошей відмовлятися не дуже бажано, і в бруд обличчям впасти теж не особливо бажано, ось він до мене і прийшов по допомогу. А точніше поставив перед фактом і нахабно шантажував!

Довелося торгуватися...

До чого ми дійшли? Я йому зілля зі специфічним ефектом і нерозголошення цієї інформації, а він мені постійний патент із податковою знижкою і крамницю в постійне володіння, а не за орендну плату, як зараз. Ну а якщо ні..., то багаття або катівні пресвітлого храму. Інквізитори народ специфічний, хіба мало що їм на думку спаде, можуть одразу на вогнище, а можуть спершу в катівничі камери визначити...

Ні перше, ні друге мене особливо не приваблювало.

НЕКРОМАНТ ДО ПЛАНІВ НЕ ВХОДИТЬ

Поки я, як змія, по підлозі повзала, Руда спритно вислизнула з-під прилавка і ломанулася з усіх лап у бік вхідних дверей. Я за нею слідом побігла, коли змогла, нарешті, звільнитися з кам'яного полону свого прилавка.

– Стій, зараза!

– Пі-і-і-і...

Я майже схопила її за хвіст! Але... Двері різко відчинилися, впускаючи всередину неочікуваних гостей. До мене завітали староста, його купчиха і той самий лісоруб, який мене з ялини нещодавно знімав. Решта народу залишилася стояти на вулиці, тільки злякано зазирала в мою крамницю.

Я спочатку сторопіла і різко загальмувала, щоб ненароком не врізатися в гостей. А Руда, недовго думаючи, піднялася по старості вгору, схопилася йому на голову і, відштовхнувшись задніми лапами від його лисої голови, що поблискувала, стрибнула у дверний отвір разом із волосиною єдинорога, спритно віддаляючись у бік лісу!

– Твою відьомську матір! – прошепотіла я, тужливо спостерігаючи за нею.

Ну все, тепер спробуй, знайди в лісових хащах... У неї там схованок... Усе, пропала волосина! Це тут у неї його забрати можна було ще, а там...

Вся праця нанівець!

Я ображено шмигнула носом, уявляючи весь масштаб майбутніх проблем, і похмуро, навіть зло втупилася на гостей. Погляд у мене був важкий, який не віщував їм нічого доброго. Лісоруб навіть гикнув і позадкував від гріха подалі. Та ось тільки старосту не проймеш, мабуть, щось термінове потрібно, і купчиха йти теж не хотіла!

ГЛАВА 2 - Чому люди, звертаючись по допомогу, завжди починають здалеку?

- Чим зобов'язана такій увазі? - приречено зітхнула я. Адже не залишать у спокої просто так!

- Свят, свят, свят, - видихнув староста, перехрестився і озирнувся в бік білки, що тікала. Сплюнувши, він знову повернувся до мене. - Відьма! Ти відьма! - прошипів чоловік, і в його голосі було стільки звинувачення і злості.

Я зітхнула і закотила очі до стелі. Наче раніше він цього не знав. Ось відкриття для себе зробив, а тепер не знає, як із цим жити. А мені, якщо чесно, смішно від цього стало, явно ж переграє, старий хрич.

- А то раніше ви цього не знали, - усміхнулася я, подивившись пильно на старосту і впершись руками в боки.

Коли на тебе нахрапом ідуть, тут що головне? З таким самим нахабством відповідати опонентові, тоді в нього запал зменшиться і буде шок. Це вже давно на практиці перевірено.

- Антип каже, тебе нещодавно, три дні тому, з дерева, що біля старого цвинтаря росте, знімав, - обвинувачувальним тоном почав староста, смикнув незадоволено щокою та зміряв мене похмурим поглядом.

От же старий лис, здалеку розмову заводить, а я одразу відчула, що смаженим запахло. Ох, неспроста такі промови завів, неспроста! Боїться, що зілля йому не зроблю? Чи є ще щось, чого я не знаю?

- І що? - підозріло примружила очі й зробила незадоволену міміку, щоб страшніше здаватися. Я ж ніби як темна відьма, треба відповідати!

- А скажи-но мені, Айвано, чого це чесна відьма, яка зло не творила раніше, раптом по кладовищах ходити ночами почала і по деревах лазити? - прошипів у відповідь староста, теж звузивши очі і зробивши кілька кроків уперед, навис наді мною. - А ну, зізнавайся, який чорний ритуал створила тієї ночі? Яку чорну силу в наш світ покликала і випустила? У нас у поселенні дві корови пропало, а вчора вночі виття на околиці міста нелюдське стояло, народ, що там проживає, злякався дуже. Твоїх рук справа? Краще одразу покайся! Згориш тоді швидше!

- Типун вам на язик! Ага, покайся... - усміхнулася я, не показуючи виду, що цей упир мене лякає. Відьма, не відьма, але слабка і вразлива жінка! "Типун" на старосту не подіяв, він тільки скривився незадоволено і губами пожував. Я хмикнула. - А гілочок вам випадково не назбирати, щоб потім у багаття було що підкидати? Робити мені більше нічого, як паскудити там, де живу, - уже втомлено й сумно відмахнулася я від старости і почухала лоб пальцями. Я прекрасно розуміла, що все, тепер закінчилося моє спокійне життя. Якщо нежить корів зжерла, то вже не зупиниться і знову спокійно не засне. Тепер і до людських жертв недалеко залишилося. А звинуватять кого? Звинуватять мене! Я скривилася і косо глянула на лісоруба. - Абонемент закінчено, - дала зрозуміти, що більше на безоплатні прийоми може не розраховувати.

Він одразу ображено підібрався і красномовно засопів. А хто тебе просив мене закладати? Чому язика за зубами не тримав? Про те, що з'явилися сліди нежиті в окрузі, можна було повідомити старості, не розкриваючи яскравих подробиць про мої нічні пригоди. Ну сиділа на гілці і що? Подумаєш, зняти довго не міг і... я так у нього вчепилася, коли моя нога з гілки зісковзнула... ну пролетіли ми в обнімку півтора метра вниз... і приземлилася я на лісоруба, перерахувавши колінами його ребра... але не зламала ж!

- То навіщо ти на цвинтар ходила? - не відставав староста.

- Та щоб інгредієнт один особливий знайти, який тільки в гнізді рідкісного птаха сурдоки зустріти можна. А пташка ця своє гніздо тільки на вікових соснах в'є, - я вигадувала правдоподібну історію на ходу. Фантазія в мене багата, і не таке вигадувала, коли доводилося виправдовуватися перед бабусею через свої несанкціоновані нічні прогулянки. - Для ліків він потрібен, особливих... - підморгнула йому, натякаючи на зілля, ним же в мене замовлене.

Староста одразу вловив підтекст у моїх словах, почервонів як рак і затулив рота, обмірковуючи, як тепер зі слизького становища вийти. Буде сильно тиснути, можу ж і озвучити подробиці...

- А біля цвинтаря чому? - продовжив свій допит староста, але вже не так наполегливо. Він смішно хрюкнув і почухав лису голову.

- А я їй знахар, пташці цій? Де звила гніздо, там і звила, моя справа - дістати потрібний інгредієнт, - розвела руками, намагаючись приховати посмішку. - Собою пожертвувала! На сосну полізла! А я, між іншим, висоти боюся!

- Ну і що, зілля хоч приготувала? Чи даремно, як білка, по деревах лазила? - не вгамовувався староста, а в самого очі заблищали.

Ще б пак, для нього це питання болюче, вважай доленосне зараз. Він у появі цього зілля дуже сильно зацікавлений. Купчиху він не любив, а ось її грошики його вабили...

- Так-а-а-а, - протягнула я, міркуючи, що далі говорити. Волосини немає, а значить, і зілля теж немає! Вдруге я на цвинтар не піду, мені й так вражень вистачило... Гадаю, якби за некроманта заміж вийшла, то й того менше вражень нахапалася б. У них зомбі хоча б не дикі й волі підконтрольні, а ці... А ці є... та ні! Ці жерти хотіли! Причому виключно мене! Ні, щоб щура якогось зловити... Ну ходить відьма вночі цвинтарем, нікого не чіпає... зайнята своїми справами... вити ж навіщо і зубами клацати? - Але воно ще експериментальне, з ефектом тільки на місяць, ні, на тиждень! Доопрацювати потрібно, - важко зітхнула, позначаючи свою втому і зайнятість. Коли з виразу очей старости зрозуміла, що його недопрацьованість конкретно цього зілля особливо не бентежить, гикнула і додала: - У нього ще й побічні ефекти можуть бути! Багато!

- Зрозуміло, - він ображено скривився і посумував. - Ти дивись, відьмо, тут дівчисько мале в тому місці, де ти по гілках скакала, пропало. Не зможемо за добу знайти - викличемо інквізитора з пресвітлого храму, - і уважно так на мене дивиться, наче зілля від цього раптом миттю з категорії експериментальних у категорію повністю готових перейде.

Ага, зараз! У-у-у-у... як же він мене дратував!

- Вам не інквізитора викликати потрібно, а некроманта, - я, важко зітхнувши, все це дуже похмуро проговорила, а в самої серце стиснулося через дитину. Ні, щоб відразу сказати, що дитина зникла! Допомога потрібна, ні ж... Вони навкруги ходять, в ігри "залякаю" грають. Ідіоти! - Коли саме дитина зникла?

- Ах! - взвизгнула злякано купчиха після моїх слів про некромантів. - Невже упирі?

- Сама не бачила, - збрехала без докорів сумління і перевела на неї погляд. Навіщо їм такі подробиці? Адже цим вистачить розуму мені приписати підйом нечисті, а воно мені треба? Суд вершити будуть інквізитори, а їм я нічого не доведу. Тут або багаття, або далека дорога... якщо з Рудою встигнемо втекти. - Але як на сосонку залазила, на кілька слідів поглядом натрапила. Точніше, кілька слідів на землі дивних помітила. Не те щоб вони були свіжими, але й не такі, щоб дуже вже й старі, - ухильно промовила я і невинно знизала плечима.

Зрештою, у них тут мисливців море, могли б і самі ці сліди помітити і, як годиться, за інструкцією, викликати штатного некроманта. Я ж як-не-як відьма звичайна. Ну добре, не зовсім звичайна, але відьма, а не некромант. І на слідопита особливо не схожа. До речі, якби ці халтурники вчасно помітили, що у них тут упирі завелися..., може, я б і на сосні не сиділа! У ліс би точно не пішла!

- Це моя племінниця пропала, - почала ридати жінка і шовковою хусточкою витирати очі. - Допоможи, вік дякувати буду, озолочу. Допоможи!

- Та як же я тобі допоможу, - розвела невпевнено руки в сторони. Озолочу - воно, звісно, звучить гарно, та мертвому особливо це золото не потрібне. Ну і якщо вже зовсім чесно, то якби знала як, дитину врятувала б просто так, безоплатно. Це ж дитина! - Я ж відьма, а не некромант.

А та візьми й на коліна переді мною впади і ридає все сильніше, в істерику впадає. У мене серце від жалості стиснулося. І головне, немає в купчисі зла. Світла вона людина. Не зіпсувало її багатство колишнього чоловіка. Мені завжди таких людей шкода, симпатизую я їм. Що мені робити?

Треба якось заспокоїти! Я її за плечі схопила, з підлоги піднімати стала, словами заспокоювати, вливаючи в них крупиці сили. На стілець посадила, а потім підхопила з найближчого стелажа заспокійливу настоянку і в руки купчисі всунула.

- Заспокойся, - гладжу її по голові й потайки продовжую трішки сили своєї вливати, щоб швидше заспокоїлася. - Я спробую допомогти, але нічого не обіцяю. Все ж таки я не некромант. Коли племінниця зникла? - погляд на старосту переводжу, з жінкою зараз особливо не поговориш. - Вдруге вже запитую у вас, а відповіді так і не отримала, - картаю його. - Час же біжить!

- Уранці сьогодні, - він рукою нервово ніс потер і плечима пересмикнув.

- А вже третя година дня, - осудливо головою хитаю. От же дурні, і що мені робити тепер? Стільки часу минуло, як дитина зникла, і головне - вечір скоро! Йти в ліс до цвинтаря в такий час... самогубство! - Чого ж тягнули так? Це ж дитина! Тут до вечора рукою подати, що мені тепер пропонуєте робити?

- Що робити-то? - продовжувала плакати жінка, підвиваючи. - Що робити-то? - вона почала з боку в бік розгойдуватися.

НЕКРОМАНТ ДО ПЛАНІВ НЕ ВХОДИТЬ

Знак хороший, так швидше заспокоїться, але і в собі може замкнутися. Потім спробуй її з такого стану вивести. Тут уже робота цілителя-мозгоправа...

- Річ якась її з собою є? - прикривши очі, запитала я, намагаючись прогнати занепокоєння, що нахлинуло. Розумію, що дурна! Розумію, що роблю дурницю, але... І ось навіщо я тільки на це зараз погоджуюся? Та тому, що спати потім не зможу, якщо дізнаюся, що з дитиною біда трапилася, а я навіть не спробувала дівчинку врятувати. Немає темних і білих магів, і відьом, усі ми однакові, за силою тільки різні, тут усе від резерву залежить. А які справи творимо, то вже від характеру залежить, а не від кольору магії. Відьми..., так ми шкідливі, але... шкідливий не означає поганий!

- Так, так, - купчиха в кишеню своєї сукні одразу полізла і маленьку іграшку звідти дістала. Ведмедик - іграшка ганчір'яна, з різнокольорових клаптів зшита. Маленький, акуратненький такий, видно, що з любов'ю майстрували. - Її улюблений ведмедик, - жінка витерла сльозу рукавом зі щоки, кудись дів свою хустинку. - Його там, біля старого цвинтаря, і знайшли, у траві валявся, а Оленки ніде не було. Ми там усе обшукали. Кликали, кликали... не знайшли! Як крізь землю провалилася! - вимовивши це, купчиха зблідла і долонею рот прикрила. - Невже... - прошепотіла вона.

- Не клич біду самостійно! Не там дівчинка зовсім зараз, - видихнула я і забрала іграшку з її рук, одразу ввімкнувши свій відьомський зір. Відчула тонку нитку енергії, що тягнулася від речі до її господині. Значить, дитина ще жива, і це добрий знак. Боги допоможуть, знайду! - Жива вона. Усе, ступайте, а я зберуся і вирушу на пошуки. Якщо боги дозволять, скоро з Оленкою повернуся назад.

- Може, тобі пару людей на допомогу дати? - подав голос староста, перед купчихою вислужитися хотів.

- Ні, не потрібно, - посміхнулася я краєчком губ. Воно мені треба? Зайвий головний біль тільки від такої допомоги, але відмову пояснити треба, інакше вигадають таке... - Від відьмака в напарниках не відмовилася б, у гіршому разі від некроманта, а звичайні люди мені тільки на заваді будуть. Мало того що дитину шукай і про свою власну шкуру піклуйся, так ще й на помічників озирайся: ненароком зжеруть когось із них, а я потім крайньою буду? Хороша допомога! Краще до найближчого замку некромантів гінця швидше відправте, навіть якщо з дівчиськом живою повернуся... - поруч купчиха крякнула і тоненько завила. Я скривилася і швидко себе поправила. - Коли з дівчиною живою повернуся, - купчиха схлипнула, а я, важко зітхнувши, продовжила. - Нежиті менше від цього не стане, я її приспати або знищити не зможу, тут інша магія працює. Некромантія не мій профіль! Та й ще... ввечері вулицями не шастайте, у будинках замикайтеся на ніч, від гріха подалі, - зітхнула я. - Ну не маленькі ж ви? Якщо упир завівся, має інстинкт самозбереження увімкнутися!

- Антипе, давай Кузьминичну до мене додому відведи, - дав швидко вказівку лісорубу староста.

А я усміхнулася, ось же лис... скрізь свою вигоду чує!

- Може, я до себе? - невпевнено промовила жінка.

- Ну що ти, голубонько. Як же можна-то? - староста їй допоміг зі стільця піднятися і прямо в руки до лісоруба направив. - У мене побудеш, під охороною, та серед людей. Я тебе саму не залишу.

- Гарний ти мужик, Іване Степановичу, - сплеснула руками купчиха і повільно побрела з лісорубом на вихід, а я їх задумливим поглядом проводила.

Ще б йому не бути хорошим мужиком, коли він на твої скрині задивляється і облизується, як кіт на сметану. Шкода мені її стало, але вона людина доросла, сама здатна за свої вчинки і бажання відповідати. Знає ж... відчуває, що не з любові великої до неї староста клин клинів підбиває. Але... часом туга і самотність змушують людину займатися самообманом.

- Де зілля? - почула шепіт старости, щойно двері зачинилися за спинами купчихи й Антипа.

- Так воно експериментальне, - перевела здивований погляд на старосту.

От уже не думала, що він такий прудкий і безстрашний виявиться. Невже не боїться побічних ефектів, про які спеціально для нього згадувала? Залякала називається...

- Але результат-то є, - задоволено усміхнувся староста. - Давай сюди, воно мені зараз ой як знадобиться!

- Та будь ласка, але я попередила! - я повільно побрела до стелажа з різними настоянками і зіллям. Було в мене припасено одне з подібним ефектом, яке йому допомогти тимчасово зможе. Дістала невелику пляшечку з перламутровою рідиною, непомітно здерла етикетку "Вогонь дракона" і приліпила її на днище полиці. Розвернулася і повільно попрямувала до старости. Він як пляшечку в моїх руках побачив, так весь засвітився від радості одразу, ну а я йому цю пляшечку до рук і сунула. Мені не шкода, на деякий час відстане вже добре. Головне, щоб не дізнався справжню назву цього зілля. Пити його наважується не кожен, допомагати-то воно допомагає, теж тимчасово, до речі, але склад... Загалом, з екскрементів дракона це зілля зроблено. - Одна крапля, один раз на день, не більше. Більше вип'єш - тільки гірше собі зробиш, потім жодне зілля не допоможе, - голову набік схилила і примружилася. Ще стурбованого старости мені тут не вистачало, по всіх же бабах піде... А мені потім усе це розгрібай. - Зрозумів, Іване Степановичу? - суворо так проговорила. Цікаво, вразиться?

- Зрозумів, не дурень, - він пляшечку руками, тремтячими одразу схопив і до себе в кишеню запхав, на вікна озираючись. Переконатися хотів, що ніхто не побачив, як він із відьмою справи веде. - Ти це, як Оленку знайдеш, її до мене відразу веди. І це... спасибі тобі чи що, відьмо.

- Спасибі скажеш, якщо я назад повернуся, - важко зітхнула, пильно його розглядаючи. Треба ж, навіть спасибі сказав. Здивував! - Усе, йди, не затримуй мене. Чим раніше вийду, то більше шансів дівчинку засвітло знайти і додому неушкодженою повернути. Якби ви вранці прийшли...

Староста на місці постояв, пом'явся, щось ще сказати хотів, але потім рукою махнув і мовчки пішов, а я відразу пішла сумку збирати. І так часу не залишилося. Нерозумно зараз на цвинтар іти, як минулого разу, не підготувавшись заздалегідь. Це тоді я сюрпризів не очікувала, була впевнена, що в окрузі нечисті немає, а зараз вчена вже, тим паче якщо врахувати, що слід від іграшки далі до лісу тягнеться, але дивно якось тягнеться, увесь час назад до цвинтаря повертається, і розмитий він дуже. Слабша відьма, взагалі, б нитку не побачила і дитини не відчула. Моя сила мені це дозволяла, але ось ситуація зовсім не подобалася...

ГЛАВА 3 - Погост, старий ліс.

Спочатку переодяглася в зручні теплі коричневі штани. Досить, у спідниці вже набігалася - минулого разу розуму вистачило в ній туди піти. Пробували однією рукою поділ довгої спідниці утримувати, іншою - захисні магічні символи формувати і при цьому в зубах тримати стеблинки з квітками синьої папороті? Я тепер пробувала! А якщо врахувати, що сік у папороті цієї гіркий...

Слідом я натягнула на ноги чоботи до коліна, потім одягла темну вовняну сорочку. Хоч весна зараз, а ввечері і вночі холодно ще буде, відьма теж замерзнути може, а я тепло люблю.

Волосся у мене русяве, довге, хвилясте - вирішила його в тугий хвіст перетягнути, щоб не заважало. Коси заплітати не стала. Ще сумку дорожню через плече перекинула, в неї різне зілля накидала. Якщо чесно, сама не знаю, навіщо мені стільки зілля, тим паче кидала їх у сумку, особливо не розбираючись, що там і для чого. Ось чую, що знадобляться, і все. Помилувалася на себе в дзеркало, задовільно кивнула своєму віддзеркаленню і нервово усміхнулася. На мене звідти, із дзеркальної поверхні, дивилася симпатична дівчина з величезними зеленими очима і кумедними ямочками на щоках. Я їй підморгнула, а потім зітхнула і швидко відвернулася.

- Усе, готова, - промовила сама собі тихо. - Мати моя, Відьма, удачу подаруй і дитину збережи, допоможи її знайти, - почала слова заклинання вимовляти, придумуючи їх на ходу.

Удача мені зараз не завадить, а лінії сили, які потягнуться до дитини, можуть допомогти і мені, і дівчинці вийти з цієї халепи цілими й неушкодженими. Тут нічим не можна нехтувати.

- Так ти що, серйозно знову туди підеш? На цвинтар? У ліс? - перебила мене Руда поганка. Двері зачинені, але вона сюди через вікно назад прослизнула, природно, вже була без волосини єдинорога, встигла його заховати. Ух, клептоманка дрібна, теж мені фамільяр... А зараз сидить нахабно на підвіконні й на мене дивиться своїми нахабними оченятами. - Я думала, ти пил в очі їм пускаєш, - протягнула вона. - Невже своєї шкури зовсім не шкода? Чи розум кудись утік? Мати, ти часом не збожеволіла?

- Своєї шкури шкода, - я сумно зітхнула. - Але дитину теж шкода, а часу зовсім немає, і ти це знаєш не гірше за мене. Поки цих некромантів викличуть, поки вони прийдуть, якщо, взагалі, зволять з'явитися... Адже можуть вважати випадок негідним своєї уваги. Один упир - це для них не упир. З людськими землями у них договори особливі укладені. А вже вважай вечір. Що ближче ніч, то менше шансів на успіх!

- І на кого ти мене залишиш? Одну наодинці в цьому великому й холодному, ні, навіть ворожому світі? - обурилася Руда. - Що я за фамільяр буду без господаря? Відьма ти безсовісна!

- От уже спасибі, підтримала так, підтримала, - обурено промовила я. - Ти не рано мене ховаєш? Руда? Он недавно сама на цвинтар випроваджувала, не соромилася, а зараз шкода мене стало? А що сталося?

- А то я тебе не знаю, ти б вдруге туди не пішла, - білка подобу іронічної усмішки на мордочці зобразила. - Заради волосини для фамільяра не пішла б, а ось так геройствувати - це так. Це в твоєму характері. Слухай, Айка, а може, тебе Богиня Відьма і Богиня Природа не просто так із некромантом пов'язали? Он як тебе до нежиті тягне, - з'їдзивила дрібна. - Ой не спроста! Даремно ми в перегони вирушили! Жили б у замку...

- А я от думаю, може, мені з тебе шкурку здерти та на артефакти продати? - зло на неї подивилася. Адже знає ж, що на хворий мозоль наступає, а все одно топчеться по ньому. Причому старанненько так топчеться! Це добре ще, що ми з Лісаном Мерстіном одне одного не бачили, а тільки знаемо про існування одне одного. Коли наречені знають... дізнаються про існування половинки, розуміють, що їхня пара вже визначилася, як правило, прагнуть якнайшвидше побачитися, щоб "Божа благодать" запрацювала. Інакше кажучи, варто судженим побачити й торкнутися одне одного, як запускається механізм звикання й налаштування одне на одного, все це починає безповоротно працювати й пов'язувати на магічному та енергетичному рівні. І фізичному теж... Спочатку з'являється нестримне бажання торкатися, потім з'являється стан закоханості та інші дурниці за списком... А потім весілля, шлюб, діти, і ти навічно прив'язаний до однієї єдиної людини, свято вірячи, що закоханий у неї з власної волі, а не за рішенням богів. Ні, я все розумію, їм видніше, вони хочуть як краще, але... А може, я ще не нагулялася? А може, я своє життя в іншому бачу? Може, я не хочу заміж! А як же кар'єра відьми? Пригоди, експерименти, нові зілля? Політ на мітлі в місячну ніч? Я втекла з-під вінця, коли мені тільки стукнуло дев'ятнадцять років! Зараз двадцять! Ну які діти? А бабусі правнучку подавай...

Мені пощастило! Я вчасно ноги встигла зробити, поки бабуся свій підступний план у життя не реалізувала повністю. Із судженим... із нареченим ми так і не побачилися! Та як подивлюся, чоловік мій майбутній теж такому подаруночку богів, як я, не особливо зрадів. На пошуки мої він не вирушив, що мене зараз і рятує. Від бабці я навчилася з дитинства ховатися, вона не знайде, а ось від некроманта спробуй сховатися - у цих скрізь свої очі і вуха, навіть з-за грані поглянути зможуть за бажання. У будь-якій точці простору знайти зможуть, неважливо, живий ти чи мертвий. А Лісан не шукає! І... якщо чесно, це дратувало на якомусь глибинному рівні. Загалом, чоловіка, що не відбувся, я теж з упевненістю віднесла до категорії козлів. Так, усе... кудись мене не туди занесло! Я окинула Руду ще раз красномовним поглядом. - Кажуть, зі шкури фамільяра дивовижні артефакти вийти можуть, - похмуро додала, щоб вона язика надалі не розпускала. - Рідкісні й дорогі!

- Налякала білку горіхом, - фиркнула і повела вусами Руда. А потім більш серйозно додала: - Може, не підеш? Небезпечно ж!

- Не заважай краще, - я втомлено зітхнула і відмахнулася від неї.

- Ну дивись, до ранку не повернешся, я сама особисто до Агати Родеріг перенесуся і розкажу, де її онука ховається, - дрібна шкодилота встала на задні лапи і загрозливо поставила передні лапки в боки, викликаючи в мене легку посмішку.

- Аргумент, - розсміялася я у відповідь. - Отже, вранці буду обов'язково. Навіщо мені чоловік, якому я не потрібна, - погладила її ніжно по голові, а потім знову до заклинання повернулася. Витягнула долоню, а на неї іграшку дівчинки поклала і почала тихо шепотіти: - Мати моя, Відьмо, удачу подаруй і дитину збережи, допоможи її знайти, шлях мені вкажи, - очі прикрила і почала прислухатися до відгуку своєї сили.

Одразу відчула тепло, що виходить від іграшки, і сильний страх. Не мій страх! Боїться дитина, перелякана дуже, ой, не добре-то як. Значить, був контакт із нечистю! А ще я вловила примарну нитку енергії, змогла її рукою зловити, намотати на кулак і мовчки пішла вперед, прислухаючись до себе. Так і добрела я до старого цвинтаря. Тужливо озирнулася на сосну, на якій нещодавно, наче совушка, сиділа в обіймах зі стовбуром дерева. Чортівня якась тут коїться. Потопталася на місці, колами походила... Начебто і дитину чую, тут на цвинтарі слідів її багато, як слідопити їх не знайшли? Але... Ну, так... сліди енергетичні, проста людина не побачить. Дивно... є слід, але... водночас нібито немає дівчинки тут.

- Що за маячня! - вилаялася я, уважно оглядаючись на всі боки.

Уже шоста вечора, через дві години темніти почне. Не добре це, ой, як не добре. Тут би вже забиратися звідси пора, а в мене результату ніякого немає. І ж не кинеш усе це... Я, поки світло ще було, всі склепи обнишпорила, в усі ями позаглядала. У деяких місцях залишила сюрпризи зі свого зілля з вибуховим ефектом, так

НЕКРОМАНТ ДО ПЛАНІВ НЕ ВХОДИТЬ

би мовити, за старою пам'яттю, персонально для знайомої нежиті... Щоб життя їм медом не здавалося!

На честь колишніх заслуг цих породжень темряви, один з упирів мені минулого разу мало ногу не прокусив, вчасно прибрати встигла. Мені нудно тоді не було, коли я тут забіг влаштувала. Ось і їм нудно нехай сьогодні не буде, коли прокинуться і назовні полізуть. Помилувалася результатами своєї роботи і зітхнула. Дитину-то ще не знайшла. А це все так, дрібна капость, але все одно приємно, проте це все лірика. Час тікає, я знову до себе прислухалася.

Немає тут дитини, і слід, начебто, обривається, але ж не може так бути? Відчуваю, що дитина жива. Стала сили природи закликати: якщо дитина жива, то й шлях до неї є! Потрібно тільки зрозуміти й знайти його... Змогла вловити тоненьку, тоненьку енергетичну ниточку, потягнула за неї, дуже обережно, щоб не розірвати нестійкий зв'язок, який ледве вловила, й одразу ж відчула Оленку, наче спить дитина. Ось чому слід обривався - її в сон глибокий ввели! Не вірю я, що перелякана дитина з власної волі десь заснути зможе. Погано якось на душі! Це вже на звичайну нежить не схоже, ті зжерли б просто і діло з кінцем. А в сон ввести? Кому це потрібно? Стала я по цій ниточці акуратно йти, щоб не розірвати ненароком. Дуже тонка вона, дуже слабка... А нитка ця в старий ліс веде в саму його гущавину. Так і брела десь годину, від дерева до дерева, які високо над головою вгору піднімаються і затінюють все навколо. Світло сонячне гілками могутніми приховують, тут і так уже вечір у свої права вступає. Страшно... Погано видно, куди ногою ступати. Довелося зір відьомський активувати. Сподіваюся, на просту людину не натраплю, а то злякається до напівсмерті, якщо мене побачить. А як тут не злякатися? У страху самі по собі очі великі, і не таке побачиш часом, а серце вже в п'ятах... Перелякатися можеш і шереху, а, якщо в повній темряві побачиш світні очі з вертикальною зіницею... Там фантазія послужливо такого домалює, і свято повіриш, що саме це і побачив!

Я обережно ступала по землі, так, щоб зайвих шерехів уникнути. Ще півгодини непомітно в дорозі пробігли, поки повністю не стемніло, а в голову стрімко полізли похмурі думки, одна яскравіша за іншу. Тут-то я нитку сильніше і відчула, значить, близько зовсім до дівчинки підібралася. Не встигла я зрадіти, як ззаду, з боку старого цвинтаря, пролунало пронизливе виття, змусивши моє серце зробити кульбіт, а по шкірі пронісся мороз.

- Може, справді, варто було одразу на шлюб із Лісаном Мерстіном погоджуватися? - прошепотіла я й озирнулася нервово назад. - Тоді він би ці питання вирішував, а не я... Та й нежить би боялася навіть у мій бік дивитися.

Я сама собі здивувалася в цей момент, треба ж, які думки маячні в голову лізуть. А там... з того боку, де розташовувався цвинтар, ще стали чутися вибухи... мої зілля, які я в подаруночок нечисті залишила, у дії. Причому всі-всі пастки, які залишила, ось усі й спрацювали. От що таке, не щастить?

- Скільки ж вас тут? - я плечима нервово пересмикнула і долоньки, що потом вкрилися, одна об одну потерла. - Мати моя, Відьма, - тріснула легенько себе долонею по лобі. Це ж, скільки я там своїх слідів залишила, та зараз уся ця нежива і неабияк підгнила братія по моєму сліду дружно піде. От дура! Немов їм запрошення на банкет залишила персональне, причому сама особисто. - Коли ти вже головою думати, Айка, навчишся, а не п'ятою точкою? - вилаяла себе. - Скільки разів собі казала, спочатку думай, потім роби, а не навпаки. І весь час на одні й ті самі граблі!

З позитивного, їм щонайменше година потрібна, щоб дістатися в наш з Оленкою бік, якщо вони тільки коротшого шляху сюди не знають. Отже, час у мене теоретично є, вхопилася за нитку міцніше, швидше по сліду пішла. Через десять хвилин вийшла на мертву галявину. Чому мертву? А тут місце згубне, ліс кругом на два метри вглиб від галявини висох, трава не росте, земля висохла і чорна. Посеред галявини величезний вівтар стоїть - кам'яний, а на ньому дівчинка спляча лежить. А ще трохи далі стоїть старовинний склеп, видно, що часом неабияк пошарпаний, але не зруйнований, добре зберігся. Я на всі боки озирнулася, немає нікого. Може й добре? Дитину забрати і ноги звідси зробити, але ж не може все так просто бути? Не може! По спині, немов мороз пробіг, мене навіть пересмикнуло неабияк, дихання відразу ж збилося.

Я стала обережно підбиратися до вівтаря. Коли підійшла впритул, нахилилася над дівчинкою, взяла її за руку і намацала слабкий пульс, прислухаючись до нього і до своїх відчуттів. Жива, здорова, хоча й бліда, з гримасою застиглого переляку на обличчі. Усе це неприродно!

Вона лежала на величезному холодному камені, згорнувшись калачиком. Напевно застудиться тепер. Неприродний це сон, ой, неприродний! Точно її сонним зіллям обпоїли або магією впливали. Я одразу полізла в сумку, знайшла зілля пробудження, що відновлює сили. Відкрила кришечку і капнула кілька крапель на губи Оленки. У ній одразу почали відбуватися зміни: губи порожевіли, вона глибоко зітхнула, а потім різко сіла на вівтарі та зляканими очима втупилася на мене, стала відповзати до краю. Тільки зараз до мене дійшло, що відьомський зір я не приглушила, і на неї з непроглядної темряви дивлюся величезними жовтими очима, що світяться. Оленка в цій темряві, крім моїх очей, нічого не бачить, адже вона звичайна людина, без дару. Видовище для звичайної людини моторошне, але відключити такий зір зараз не можу. Тоді сама як сліпе кошеня буду, а по моїх слідах зграйка розсерджених упирів біжить, мріючи смачно пообідати мною. Та й тут... Хтось же дитину приспав?

- Стій, - я повільно потягнулася до неї. Вона завизгнула і мало не звалилася з каменю. Ледве встигла схопити її за руку і стала підтягувати до себе, хоча дівчинка активно брикалася. Хороші в мене зілля - он як сили їй повернули, ледве утримую. - Мене тітка твоя, купчиха... - запнулася, ім'я-то я її не пам'ятаю. - Загалом, тітка твоя мене послала. Попросила знайти тебе. Заспокойся, Оленко, я відьма ваша місцева - Айвана Родеріг. Може, бачила мене в місті? Я допомогти тобі прийшла!

Після цих слів вона притихла і перестала брикатися, але я все одно чула, як у неї серце від переляку калатає.

- Правда, Айко? - вона відсторонилася і підняла очі на моє обличчя. Поступово звикнувши до темряви, дівчинка почала обмацувати мене руками.

- Це що, мене всі в містечку коротким ім'ям називають? - підозріло і трохи обурено запитала я дівчинку. Знають же, що я цього не люблю!

- Значить, точно Айка, - видихнула вона з полегшенням і маленькими долоньками обмацала мої щоки і ніс.

Лоскотно!

- Досить мене тискати, - усміхнулася я, підхоплюючи її на руки. - Нам звідси вибиратися потрібно, і чим швидше, тим краще. Ти сюди, взагалі, як забрела?

Після цього запитання дівчина різко стиснулася і нервово, мертвою хваткою обхопила мене за шию.

- Він не відпустить нас, - схлипувала Оленка.

- Хто не відпустить? - я обережно озиралася на всі боки, але все одно нервово підстрибнула, коли почула холодний скрипучий голос просто за своєю спиною.

Різко розвернулася, міцніше притискаючи до себе Оленку, яка своїми сльозами наскрізь промочила мені сорочку.

- Я не відпущу, - проскрежетала сутність.

Інакше я б її або його не назвала, хоча, так, це безумовно в минулому був чоловік... Він стояв за два метри від мене. Високий, одягнений у все чорне, а колір його шкіри нагадував білий, кришталево білий колір, як перший сніг. Волосся довге, чорне, риси обличчя загострені, хижі, очі мертвою магією горять, червоні як кров, з легким відтінком зелені. Магія некромантів. По спині побіг небезпечний холодок, розбігаючись мурашками від хребта в усі частини тіла. Переді мною стояв ліч, справжнісінький ліч, матінка моя, відьма! Я позадкувала назад, інстинктивно збільшуючи між нами відстань, вперлася п'ятою точкою прямо в кам'яний вівтар. І, як на зло, з боку старого цвинтаря знову пролунало несамовите виття, яке цього разу було набагато ближче, ніж раніше. Ліч повільно розвернувся в той бік і посміхнувся, оголюючи величезні білі ікла. У голові промайнула думка, що ліча я точно не зможу перемогти, але шляху назад уже не було. Тому рішення прийшло блискавично саме. Він не очікував від мене опору, розраховував на паралізуючий страх, що пробирає до кісток, який від нього виходив, вражаючи все живе, а ще чекав від мене довгих розмов. Відьми бояться лічів, недолюблюють некромантів, адже саме з них потім народжуються ось такі породження смерті, а відьма, навіть темна, вона з природою пов'язана насамперед із життям. А ще відьми не нападають першими, ми любимо спочатку поговорити, заговорити зуби, перш ніж прийняти остаточне рішення.

Неправильна йому попалася відьма!

Я закликала силу вітру, приборкала її, піднявши руку, і з усього розмаху спрямувала цю дику стихію в бік ліча. Він якраз розвертався назад у мій бік; його зіниці розширилися від подиву, руки стали підніматися, щоб побудувати навколо себе захисний контур, але, слава богам, він не встиг. Повітряний потік підхопив його, немов маленьку тріску, збиваючи з ніг, і з усією силою жбурнув у далечінь від нас з Оленкою до мертвих висохлих дерев.

Його сильно приклало об товстий дуб, який хоч і засох, але продовжував стояти, нагадуючи про свою колишню міць. Мені навіть здалося, що я почула хрускіт його кісток, що дробляться в хребті від сили удару, але навіть, якщо це так, це всього лише пара зайвих хвилин, щоб спробувати врятувати дитину.

Ліч - це мертвий некромант, який переродився в нечисть. У них усе зростається практично миттєво, вони сильні, небезпечні і практично невразливі. На відміну від мене. Я не стала чекати, коли монстр прийде до тями, розвернулася, перелазячи через кам'яний вівтар, і, перехопивши зручніше дитину, понеслася в протилежний бік від ліча. Головне - піти з цього згубного місця, туди, де живий ліс; там мої сили будуть більшими, ненабагато, але більшими, а ще я зможу вдягнути на Оленку захисний оберіг, закинувши її вище на дерево, а сама відведу небезпеку подалі.

- Не дивись, - прошепотіла я дівчинці, а сама побігла з усією можливою для себе швидкістю.

Ми встигли добігти до кромки мертвих дерев, швидко пронеслися крізь них, і коли мої ноги переступили невидимий бар'єр згубного місця, туди, де почали відчуватися звуки і запахи, нічні шерехи, я почула за спиною шаленне виття ліча. Здається, за цей короткий проміжок часу він встиг повністю відновитися.

Часу залишалося дуже мало. Підбігши до першої-ліпшої вікової сосни, я поставила дитину на ноги, впала перед нею на коліна і, зарившись рукою в кишеню штанів, дістала заговорений оберіг, приготований на такі випадки. Стародавня руна життя, вирізана на березовій основі, просочена чарівними зіллями і наговорена різними замовляннями. Шкода, що я зробила тільки одну, не подумавши, що можу опинитися в такій ситуації... Коли, крім себе самої, біля мене може опинитися й інша істота, яка потребує допомоги.

Судорожно видихнувши, я одягла оберіг на шию переляканої дівчинки й активувала його. Оленку одразу обволік захисний бар'єр, покриваючи всю поверхню її шкіри. Тепер, поки сила з руни не вичерпається, дівчинка невразлива, а це як мінімум тиждень. Я багато туди сили влила, для себе робила. Думала, вчена...

НЕКРОМАНТ ДО ПЛАНІВ НЕ ВХОДИТЬ

- Слухай мене уважно, - прошепотіла я, обертаючись назад і вдивляючись у темряву. Занадто тихо тут стало, немов мати-природа зачаїлася, відчуваючи небезпеку, що наближається. Значить, ліч уже близько. Повернулася знову до дитини і потріпала Оленку по голові. - Не знімай його, хто б тебе не просив це зробити. Це твій захист. Поки він на тобі, ніхто тобі зла заподіяти не зможе, ти стала невразливою рівно на один тиждень. Я тебе зараз магією на гілку закину, постарайся вище, але ти й сама лізь якомога вище. До ранку там просидиш, поки сонце над горизонтом повністю не зійде. До цього моменту вниз спускатися не можна. І не дивись сюди, не треба тобі цього бачити, - знову прошепотіла я.

- Ти не темна відьма, - прошепотіла вона, цілуючи мене в щоку і викликаючи легкий потік радості й ніжності всередині. - Ти дуже добра! Вибач нас! Дурні...

- Немає темних, немає світлих, - усміхнулася я їй. - Усе ось тут полягає, - вказала пальцем їй на голову, а потім поклала руку на груди, там, де серце знаходиться. - Адже серед людей теж є і хороші, і погані, і ті, хто робить різні вчинки. Запам'ятала, що я тобі сказала?

- Так, - прошепотіла вона.

- Мати моя, Відьмо, допомагай, - прошепотіла я і, піднявшись на ноги, знову викликала силу вітру.

Оточила дитину повітряним потоком і акуратно підняла її вище, вибираючи при цьому товсту гілку. Дівчинка опинилася за метрів триста від землі.

Вчасно... Ззаду якраз пролунав хрускіт гілок і тихий, протяжний сміх. Я зціпила зуби від злості. Знає гад, що за силами мене перевершує, тому не поспішає, грається... Нудно йому... Але ж і дитину не поспішав у жертву приносити! Чому? Ранку чекав? Що ж це за ритуал такий? А склеп... Він його?

Щоб йому гикало постійно!

ГЛАВА 4 - Некромант.

- Упевнена, відьмо? - пролунав мертвецьки холодний голос, що народжує всередині дикий страх. - Що на вівтар замість людської дитини лягти хочеш? Мені-то, по суті, все одно, кого в жертву приносити. Її, - він кинув задумливий погляд на гілку, де сиділа дівчинка. - Або тебе, - перевів пильний погляд на мене.

Я прикрила очі, долонею торкнулася стовбура сосни, закликаючи сили природи і благаючи про благословення матері Відьми.

- Мати Природа, і ти, мати Відьма, сил мені дайте, у біді не залиште, - тихесенько почала шепотіти змову.

Слово - це сила!

Відчула, як через мою долоню від дерева дар матері Природи став надходити в моє тіло і стрімко розноситися по крові. На руках одразу ж виросли гострі кігті, а в роті окреслилися маленькі ікла, викликавши в мене легку посмішку. І мати Відьма теж відгукнулася на поклик дочки своєї. Перемогти його не зможу, але плани всі зіпсую, може, і поранити, послабити вийде. А там хто знає, може, і до ранку дотягну. Ранок - це життя, це перемога для мене і для Оленки! Нам головне піти звідси, ліч у місто сам не піде! Тим паче вдень, а до вечора я таких захисних рун на свій будиночок понавішую... та й міські захисні стіни не завадить ними прикрасити, щоб не нашкодити.

Я повільно обернулася, відзначаючи, що ліч поки що стояв у зоні мертвого лісу, не поспішаючи переступати межу. Сміятися він перестав, спочатку подивився на мене важким поглядом, а потім знову підняв очі вгору, відшукав поглядом Оленку і знову подивився на мене, скривився.

- Не так уже й усе одно, виходить, кого на вівтар покласти? - усміхнулася я. - Потрібна чиста дитина? Світла енергетика? А відьма, особливо темна, для цих цілей не підійде! Що ж ти задумав?

НЕКРОМАНТ ДО ПЛАНІВ НЕ ВХОДИТЬ

- Ні, - похитав він головою, усміхнувшись і оголивши ікла. Потім повільно переступив межу, що відділяє ліс від згубного місця. Завмер, звикаючи до нових відчуттів; це не його місце, не його територія, але й шкоди вона йому сильної не завдасть. Сильний! Витягнув руку, стиснув і розтиснув кулак, спостерігаючи за своїми діями, потім подивився на мене і знову усміхнувся.

- На дерево лізти не хочеться, високо дрібну закинула, ще й заважати будеш її звідти знімати. Та й... З тобою, звісно, мороки більше буде, і тебе б для інших цілей використовувати... Але розім'ятися теж не завадить, а світанок не за горами. Час грає на твою користь, а мені це невигідно. Сама свій шлях обрала!

- І звідки ж ти такий у наших краях з'явився? Не твій же склеп! - цікавість мене душила, і тепер поспішати нікуди; він до моїх атак готовий, можна і поговорити.

Час! Чим більше я протягну, тим краще!

- Що ж ти раніше мені зуби не заговорювала? Запитання не ставила? - розсміявся ліч, прекрасно розуміючи мою тактику. - А відразу об дерево приклала. Відьми так зазвичай не роблять, - похитав він головою. - Віддаси дівчину, я тебе відпущу, - подивився мені в очі і серйозно це промовив. - Ти мені подобаєшся, давно не зустрічав таких відьом і... жінок! Був би живим... - усміхнувся і похитав головою. - Віддаси?

Бачу, що не обманює. Віддам дитину - відпустить, але я так вчинити не можу, а точніше, не хочу!

- Я за нею не для того в цей ліс поперлася, щоб комусь потім віддавати, - хитнула заперечно головою, а сама магію вітру знову закликати стала. Потоки повітря оточували мене й ущільнилися, перетікаючи до рук. - Якщо кому віддам, то тільки її рідні! А ти в їхнє число явно не входиш. Навіщо світлу душу загубити вирішив?

- Зараз світла, завтра темна, - розсміявся іронічно ліч.

- Це її доля і її вибір, а головне - її життя! - хмикнула я. - Не тобі його вкорочувати! Ти свій час уже використав і зараз тут гість випадковий! Не бери на душу більше гріха, ніж вона може винести! Відпусти нас!

- Відьма... - розсміявся ліч. - Ти мене ще попроси розвтілитися.

- А якщо попрошу? - запитала я, кусаючи губи і радіючи, що виходить розговорити ліча.

- Я й за життя добрим не був, - знову розсміявся ліч. - А ти хочеш у мене совість у післясмертя знайти? Дитину віддаси? - я зчепила зуби й похитала головою. - Шкода, - задумливо промовив ліч і нахилив голову набік, а потім різко підняв руки, спрямовуючи мертву магію прямо мені в груди, в район серця.

Ледве встигла відбити удар магії. Контратакувала, спрямувавши в його бік потік повітря, але ліча там уже не виявилося - він перемістився в просторі!

- Дурна відьма! - прошепотів ліч мені на вухо, обхопив руками за плечі й притиснув до своїх грудей, а потім схопив рукою за горло, стиснув його боляче. - Мабуть, потім воскрешу тебе, сподобалася...

Моторошно це відчувати - мертвецький холод від чужого тіла, коли сам ти живий і просякнутий магією природи. Ліч тихо засміявся, відчуваючи мій страх.

- Відьма стихійниця, рідкісний дар, - прошепотів він тихо. - Навіть цікаво буде тебе випити до останньої крапельки, але справді шкода. Передумаєш?

- Подавишся, - прошипіла йому у відповідь і кігтями в його ногу з усієї сили вчепилася, розриваючи тканину і впиваючись у плоть.

Так, він мертвий, але він ліч, отже, відчуття як у живого. Не помилилася, ліч від болю завив і відкинув мене від себе вбік.

Тепер мені довелося зрозуміти, як це - познайомитися з деревом усім тілом: одну руку добряче забила, стовбуром на землю з'їхала, на коліна спершу впала, а потім почала підніматися на ноги. Поглядом шукала ліча. Я стояла і ледве трималася на ногах, голова трохи паморочилася. Добре... сильно, він мене об дерево приклав... Було розуміння, що цей бій буде коротким. У моїх планах було протриматися до ранку, але на жаль, цього не було в планах ліча. Розраховувала, що він не впорається зі мною, не зможе швидко зорієнтуватися. Даремно...

Ліч, відчуваючи свою перевагу, повільно наближався до мене. На його мерзенному хижому обличчі грала посмішка зверхності й перемоги. Я схлипнула, підняла руки догори, закликала знову силу вітру і почала спрямовувати в нього пульсари, виткані з ущільненого повітря. На більше сил уже не вистачало, але не здаватися ж?

Ліч легко їх відбивав, немов граючись. Тоді, недовго думаючи, полізла однією рукою в сумку, схопила перше-ліпше зілля і кинула в нього. Скло тонке... одразу розбилося, обливши його чарівним зіллям. Зілля викликало коросту. Такої підстави ліч не очікував, заревів, як ображений хлопчик-переросток. Його очі ще сильніше налилися кров'ю, і він кинувся на мене з утробним гарчанням.

Я не стала чекати, поки мене так легко спіймають. Ноги самі побігли вперед, відводячи його подалі від сосни, на якій сиділа Оленка, і від згубного місця теж. Чим далі він від нього, тим краще! Так ми й петляли навколо дерев, граючи в салочки на виживання.

У ліча швидкі ноги, він чудово бігав і місцевістю без перешкод, і лісом, тому чути скривджене сопіння, яке лунало позаду мене, було приємно. Ліч намагався мене наздогнати, періодично запускаючи в мене темні закляття і використовуючи мертву магію, а я від них і від самого ліча петляла, як заєць від лисиці. У відповідь закидала зіллям, кілька разів навіть влучила, але запас зілля швидко вичерпувався.

Не знаю, скільки б ми так лісом бігали. У моїх планах було протриматися до ранку, у планах ліча - не думаю. З кожною хвилиною він дедалі сильніше хотів мене придушити. В один момент я невдало підвернула ногу, зачепившись за кореневище поваленого дерева, і впала в неглибоку ямку, застогнавши від різкого болю в щиколотці. Ззаду пролунало переможне виття, а потім почувся тихий і задоволений сміх.

Я спробувала піднятися, але нога боліла настільки сильно, що біль віддавав до самого коліна. Звісно, відьомська сила могла б допомогти мені зцілитися, але на це був потрібен час. Усе, що залишалося, - перевернутися на спину і тихенько відповзати, спостерігаючи за лічем, який повільно наближався до мене, насолоджуючись ситуацією.

Добре, що і він вимотався: забіг лісом дався йому нелегко, та й мої зілля зіпсували йому настрій, та й мертва зона віддалилася... Поки відповзала, рукою намацала велику палицю, приховану в листі. Вхопилася за неї міцніше. Нехай буде сюрприз для декого... На цьому місці й завмерла, боячись завчасно виявити свою знахідку.

- Відьма! - зло прошипів ліч. Підійшов практично впритул і став нахилятися, щоб схопити мене за горло.

- Відьма, - погодилася я, вхопила палицю ще міцніше і з усього розмаху огріла його по голові, намагаючись вкласти в удар усю свою силу, підживлену природною енергією.

Він відлетів від мене красиво, втративши рівновагу і впавши на землю. Вив люто! Це виття рознеслося по окрузі, змушуючи листя з дерев опадати вниз. Потім він піднявся на карачки і рвонувся в мій бік, немов ящір.

Я думала, що він просто зірве мені голову просто на місці, але раптово його кидок перехопив інший чоловік, поява якого викликала в мене легкий шок і радість. Він відкинув ліча так, немов це була пушинка, а не сильний, кровожерливий і злий монстр.

Поки ліч летів подалі від нас, ми з моїм рятівником обмінялися поглядами. Некромант!

Причому дуже сильний!

НЕКРОМАНТ ДО ПЛАНІВ НЕ ВХОДИТЬ

Високий, гігантом його не назвеш, але тіло сухорляве, жилаве, точно не слабак. Якщо порівнювати... Він не молодий, а радше сталевий клинок: спритний, небезпечний, пластичний. Одягнений чоловік у все сіре, волосся такого ж кольору, як одяг, довге, у хвіст зав'язане. Очі горіли зеленим світлом, а навколо них вени роздулися і почорніли, утворюючи специфічний малюнок, що йде прямо на скроні. Мене навіть пересмикнуло від такого видовища. У нас, відьом, нічний зір моторошний, але це було щось зовсім інше і виглядало ще важче. Хоча, брешу, погляд у ліча все ж таки був ще гіршим, ось де справжня моторошність!

Некромант підійшов ближче і простягнув мені руку, пропонуючи свою допомогу. Хотів допомогти мені піднятися з землі. Нерозумно було відмовлятися, і я прийняла його допомогу, вхопившись за простягнуту руку. Але коли наші пальці доторкнулися один до одного і схрестилися... некромант гірко скривився, а я нервово потягнула носом повітря і ковтнула слину, що раптом стала в'язкою.

"Усе, набігалася!" - промайнуло в моєму мозку, і тілом розбіглася радісна зграйка мурашок, бурхливо відзначаючи зустріч із майбутнім чоловіком, і начхати їм було на думку господині... моя магія принюхалася і немов задоволено потягнулася, змусивши мене здригнутися.

Лісан Мерстін не відпустив мою руку, не розтиснув пальці... Але по його очах і міміці я бачила, що він спершу хотів відкинути мою руку вбік, немов отруйну змію, але потім... Потім передумав!

Чоловік видихнув, а потім просто смикнув мене на себе і притиснув до своїх грудей. Він зарився носом у моє волосся і вдихнув його аромат. Я зніяковіла, адже пахнути від мене зараз могло тільки потом, але некроманта, здається, це не бентежило. Напевно, кілька секунд ми ось так і простояли, притискаючись одне до одного, а потім чоловік відсторонив мене від себе і зазирнув у мої очі, намагаючись знайти в них щось зрозуміле тільки йому.

Шукав відповіді, чому все так сталося? Так, втеча судженої - це щось надзвичайне і навряд чи піддається логіці. Ось тільки відповіді... Він їх там не знайде! Я сама не знаю відповіді на багато запитань і не розумію часом своїх імпульсивних вчинків.

Ось, наприклад, зараз мені страшенно захотілося доторкнутися до губ чоловіка...

- Відьма... - прошепотів Лісан і гірко усміхнувся.

Його голос і слова... це протверезило!

- Мені вже п'ять разів за сьогоднішній вечір... або ніч, говорили про це, - іронічно усміхнулася я. - Так, я відьма, і що з того?

- Що з цього? Нагородили боги судженою, - усміхнувся Лісан, однією рукою прибравши лист із мого волосся і відкинувши його вбік. - Зрозуміти не можу, де так завинив...

- Можу тобі пред'явити ті самі претензії, - видихнула я, ойкнув. Відчуваючи, як його рука перемістилася трохи нижче і лягла на мій поперек, ненароком погладивши його. Це було несподівано, але приємно... усередині все відгукнулося на такий безневинний і водночас теплий, щирий дотик. Навіть дихання збилося, але я змусила себе швидко прийти до тями. Лічу, якось байдуже, що суджені нарешті зустрілися. - З'ясуємо стосунки потім? Просто на нас уже злісно ліч витріщається і тихесенько в наш бік шкандибає, задоволено вишкірившись при цьому. Нервова система у бідолахи знатно здає, але апетити від цього меншими не стають. Будемо один одному скаржитися на життя чи розбиратися з цією проблемою? - Я кивнула в бік ліча і нервово посміхнулася. - Звідки тут ця тварюка взялася?

- Із княжої некромантської в'язниці втік тиждень тому, - скривився Лісан, неохоче ділячись цією інформацією.

- Ага, тобто ти тут по роботі, а не з особистих питань?! - промовила я, одночасно стверджуючи і запитуючи.

НЕКРОМАНТ ДО ПЛАНІВ НЕ ВХОДИТЬ

Сама тут же здивувалася, почувши нотки образи у власному голосі. Це помітив і некромант, він весело розсміявся, викликавши в мене похмурий погляд. Ну а що? Так, мене вколола образа! Лісан виявився... приємним, красивим чоловіком і... Демони, він мені сподобався! Але ж це все боги і їхнє благословення? Усередині все заперечило... а потім з'явився сумнів, а може, ні? Якщо зазирнути глибоко в себе і спробувати не обманювати себе ж... Лісан сподобався б мені, якби ми з ним випадково зіштовхнулися на дорозі й не знали, ким один одному доводимося.

- А ти тікала, щоб тебе знайшли, спіймали і повернули назад додому? - повернув мені шпильку цей блідий гад, але відповіді він насправді від мене не чекав. - Сама до дерева дійти зможеш?

- Палицю подай, - я очима вказала на землю, де лежала моя "виручалочка".

Лісан усміхнувся, зробив пас рукою, і палиця сама стрибнула до нього в долоню. У мене, напевно, щелепа відвисла! А цей самовдоволений гад сунув мені в руки палицю і розсміявся. Уперше таку магію призову предмета бачу!

- Рот затули, - усміхнувся Лісан, заспокоївшись. - Приємно, що і я можу тебе чимось здивувати. Будеш добре поводитися, фокусів таких навчу в майбутньому. Можливо... - задумливо промовив він. - Осторонь відійди і під руку не лізь, поки я втікачем буду зайнятий. Мені його шкурка потрібна без серйозних ушкоджень.

Я ображено затулила рота, подивилася на Лісана і ствердно кивнула, придушуючи в собі бажання відважити йому запотиличник. Теж мені... некромант! Але... Я не проти, нехай вирішують свої чоловічі питання без мене. Смішно... ох чоловіки... ліч, некромант, а... що ж нехай визначаються, хто в цьому лісі крутіший, ліч чи некромант. Ні, щоб прибити цю гидоту потойбічну відразу ж... Ну а я, що? Я й так норматив із бігу за сьогодні перевиконала, навіть отримала травму!

Лісан переконався, що я впевнено стою на ногах, спираючись на палицю, і посміхнувся мені підбадьорливо, перш ніж попрямувати до ліча. Спочатку я думала дійти до найближчого дерева і притулитися до нього, а потім так і залишилася стояти на місці й нервово спостерігала за їхнім поєдинком. Такі феєрверки почалися, що було важко не дивитися... Я милувалася своїм некромантом, хоча водночас із захопленням було присутнє й почуття дикого страху.

Вони обидва були дуже сильними чоловіками, магами..., але зараз боролися один з одним практично без магії. Мені стало так моторошно, що іноді кров холонула в жилах від страху за некроманта. Навіщо Лісан так ризикує? Вдовою мене хоче зробити передчасно? Так нехай спочатку одружиться!

- Треба ж, - гірко усміхнулася я. - Уже своїм вважаю. Відбігалася... А навіщо бігала?

У якийсь момент лічу вдалося схопити Лісана за горло, і вони продовжили боротися врукопашну, вже повністю не використовуючи магію. Моє серце пішло в п'яти, але, напевно, від страху організм мобілізувався, тому що біль у нозі перестав заважати, а інстинкт самозбереження пішов відпочивати. Недовго думаючи, я кинулася з палицею в руках наперевеси до них. Вони стояли недалеко один від одного. Ліч, спиною до мене, не помітив і не відчув мого наближення. Я підбігла, занесла палицю вище і з усього розмаху, і з усією дурью вдарила нею по голові ліча. Його голова не витримала такого удару вдруге, він похитнувся, розтиснув руку, якою вчепився в Лісана, і впав на землю. Я мало не опинилася під ним, але вчасно відскочила вбік.

- Відьма... - недобро промовив Лісан, злісно подивившись на мене і вилаявшись. - Я тобі де сказав стояти? Ти розумієш, що своїми необдуманими діями порушуєш закони магії та логіки?

- Йому це скажи! Дивись, як вдало логікою приголубило! - зло відрізала я, махнувши головою в бік лежачого ліча. - Мені потрібно

НЕКРОМАНТ ДО ПЛАНІВ НЕ ВХОДИТЬ

було мовчки стояти й дивитися, як мого майбутнього чоловіка душать? Так? Дякую за те, що оцінив мій вчинок і турботу!

- Ти... - Лісан знову вилаявся, переступив через ліча, схопив мене за лікоть і потягнув у бік найближчого дерева. - Ти заміж за мене виходити не хотіла! Втекла прямо перед нашою першою зустріччю і офіційним представленням! З чого ти, взагалі, вирішила, що я з тобою після цього одружуся? - нервово і зло виговорювався некромант, випускаючи свою злість і обурення назовні, тягнучи мене при цьому за собою. - Ця наша зустріч із тобою випадкова, - припечатав він мене. - Якби якийсь ненормальний не підняв сьогодні весь старий цвинтар у цих краях і ліч не позначив свою присутність саме тут... Мене б тут не було, Айвана Родеріг. Я один із найсильніших некромантів, голова Південного клану. У мене от більше турбот немає, як за неврівноваженою молодою і дурною відьмою по лісах бігати? А ліжко моє і без тебе є кому зігріти! На тобі світ клином не зійшовся! Тож стримай свій запал, дівчинко! - зло виплюнув мені в обличчя некромант, впечатуючи мене спиною в стовбур дерева. - Тут стій і не лізь, коли тебе про це не просять! Жити набридло? Це ліч, а не іграшка!

Лісан став відходити в бік, де лежав ліч, а мене образа активно душила і, відповідно, не давала язику сидіти за зубами.

- Та не дуже-то й хотілося твоє ліжко зігрівати, - огризнулася я від злості. У грудях така образа і ревнощі розливалися, біль до горла підступив, стиснувши його. Захотілося зробити якусь гидоту у відповідь, боляче вжалити! - Теж мені, найсильніший некромант, голова клану, а з лічем впоратися сам не можеш! Може, й добре, що я кращого за тебе собі знайшла! Сноб і хам! Зазнався...

Одразу ж про слова свої пошкодувала, бо маг завмер. Потім повільно розвернувся в мій бік, і очі його потемніли ще сильніше. Чоловік зробив крок до мене, схопив за плечі й різко відірвав від дерева, до якого мене перед цим притулив. А потім... Потім Лісан нахилився і впився в мої губи своїми, зім'явши їх майже жорстоким, але пристрасним, вимогливим поцілунком. З моїх грудей вирвався стогін полегшення, Лісан задоволено гаркнув. Мої руки самі обхопили його шию, пальці потонули в шовку його волосся. Мати моя, відьма... Інстинкти прокинулися, і почалася активна прив'язка, немає для мене нікого кращого, крім нього! Справді немає! Дихання збивалося, тіло горіло... Але ж це вважай мій перший серйозний поцілунок! Все інше... безневинні пустощі й цікавість...

Я відповідала Лісану з жаром, горіла в його руках, енергетика і магія, немов оскаженіли... Поступово поцілунок Лісана став ніжнішим, глибшим, інтимнішим і відвертішим. Як же він обпікав, народжуючи всередині найпорочніші бажання... Зовсім нові відчуття і бажання, що лякали мене! Я відчула, як рука некроманта впевнено лягла на мій поперек, і чоловік притиснув мене до себе ще сильніше. Іншою рукою він звільнив моє волосся від гумки, що утримувала його в хвості. Волосся розсипалося по плечах, і він зарився пальцями в нього, із захопленням стискаючи біля коріння, не даючи моїй голові вислизнути від його губ і пристрасних пестощів.

Мій розум затуманився, а тіло піддатливо плавилося... Я прийшла до тями тільки тоді, коли відчула, що руки Лісана нахабно проникають під мою сорочку, задираючи її догори, і починають гуляти подушечками пальців по шкірі спини, окреслюючи кожен хребець. Скільки ж у мене там чутливих точок виявилося... Здається, я зовсім не знаю свого власного тіла!

Одна особливо нахабна кінцівка Лісана перебралася на мій живіт і поповзла повільно вгору до грудей. Груди зрадницьки налилися, соски одразу затверділи і стали чутливими. Жорстка тканина сорочки дратувала, а унизу живота розлилося приємне тепло, і томління...

НЕКРОМАНТ ДО ПЛАНІВ НЕ ВХОДИТЬ

Усе б добре, але пам'ять послужливо нагадала все, що зовсім недавно озвучив Лісан! Одружуватися він зі мною не збирався, а ще в нього була коханка! І, можливо, навіть не одна! Тоді навіщо... навіщо все це? Щоб що? Та й... ну не тут же займатися коханням, ще й на очах у свідків... майже живих... Подумаєш, ліч поки що не прийшов до тями, то його добити треба, а не...

Долоня Лісана накрила мої груди і стиснула їх.

Цього я вже терпіти не стала. Вдарила коліном "нареченого" в причинне місце, змусивши некроманта, нарешті, відірватися від моїх губ і прибрати свої загребущі руки звідти, де їм бути не належить! Ну а що? Ми ще не одружені! А хтось і не хоче, щоб його дружиною відьма стала! Тоді навіщо руки тягне?

Лісан застогнав, видихнув, склався навпіл і вилаявся. Щоправда, він досить швидко прийшов до тями, випростався і обдарував мене дуже похмурим поглядом.

- Відьма! - видихнув некромант і так подивився, що захопило дух, мені навіть соромно стало!

Але... це ж не в мене є коханець, а в нього коханка! Так, я втекла, і що? Я суджена! Бери й наздоганяй!

Не знаю, до чого б ми з чоловіком-невдахою домовилися, але тут ліч почав проявляти ознаки активності, періодично порикуючи. Він спробував стати на карачки, ще й упирі мої приспіли. Щоправда, зовсім невчасно, але... вони знайшли свою "вечерю", або вже точніше "сніданок". До світанку залишалася всього година.

У найближчих кущах пролунав тріск. З них вискочила перша партія: вгодована трійця, яка зупинилася біля ліча, принюхуючись і придивляючись. За цією трійцею пішло ще четверо. Усі вони жадібно облизувалися, смакуючи справжній бенкет, і дивилися на мене дуже м'ясоїдним поглядом. Руки самі полізли в сумку за рештою зілля. Там лежали три флакони з приворотним зіллям.

Поки ліч займатиметься розбірками зі своїми новими шанувальниками, у мене буде час видертися на дерево.

- Тільки не кажи, що ці по твоєму сліду від цвинтаря сюди йшли, - почула я розгублений голос некроманта зовсім поруч із собою.

- Добре, не буду такого говорити, - спокійно погодилася я, ловлячи на собі вже задумливий погляд Лісана. Поки він мене своїми очима свердлив, я дістала склянки з зіллям, розмахнулася з усієї сили і кинула їх у бік упирів і ліча, що смикався.

Ті дзенькнули, розбилися, і всю цю дружну компанію заволокло рожевим димом. Коли рожеве солодкувате марево розвіялося, картинка була просто неймовірна: два упирі лізли до ліча з поцілунками, лагідно завиваючи, а він їх відштовхував від себе. Два інших упирі намагалися пожувати його ноги, також з любов'ю і захопленими поглядами. Ще три затіяли бійку між собою, не могли поділити кохання всього свого життя. Власники... Некромант стояв поруч зі мною і присвиснув, а я, недовго думаючи, розвернулася і почала дертися деревом угору. Хіба мало, зараз у любовній бійці ще зашибуть ненароком. До світанку залишалася всього година, нерозумно так загинути невчасно.

Планам моїм не судилося збутися, бо сильні чоловічі руки віддерли мене за шкірку від вподобаного дерева і, наче шкодливе кошеня, розвернули та підняли перед собою, щоб вдивитися в мої відьомські безсоромні очі. Напевно, некроманта цікавило питання, чи є в них совість. А вона є, зараза, тільки глибоко ховається. Головне, щоб зараз не полізла назовні! Не вчасно це буде!

- І чим таким цікавим ти їх облила? - задумливо запитав Лісан, крутячи мене в різні боки і розглядаючи, немов дивовижну тваринку.

- Зіллям любовним, - вирішила краще одразу зізнатися у скоєному, може тоді відпустить.

НЕКРОМАНТ ДО ПЛАНІВ НЕ ВХОДИТЬ

- А на дерево навіщо поповзла, немов п'яна гусениця? - спантеличений він.

- Ти їхні м'ясоїдні погляди бачив? Я їм сніданком не хочу ставати, - обурилася я і спробувала ногами до землі дотягнутися. - Відпусти!

- А те, що поруч із тобою некромант, тебе, взагалі, не бентежить і на думку, що я їх упокоїти можу, не наштовхує? - ще більше здивувався чоловік, але на землю мене все ж поставив і навіть руки прибрав. Стоїть, поглядом мене похмурим пропалює.

- А що ж не розвіяв, точніше, не упокоїв тоді? - обурилася я, поправляючи сорочку і обтрушуючи її. Спочатку похмуро покосилася на нього, потім на нежить. - Звідки я знаю, що в тебе в голові? Ти на них узагалі не реагуєш. Може, в такий спосіб вирішив позбутися непотрібної тобі судженої, - не подумавши, ляпнула я й одразу ж прикусила язика. Ну от, чому він завжди швидше за мізки працює?

- Дурепа, - образився Лісан, пропалюючи мене осудливим поглядом.

- Дурепа, - погодилася я, викликавши в нього нервовий сміх.

Лісан підняв очі до темного неба, всипаного зірками, і похитав головою, всім своїм виглядом показуючи: "за що мені все це".

- Розвіювати... упокоювати будеш? - невпевнено запитала я, потягнувши його за край рукава. - Мені ці морди голодні ще три дні тому не сподобалися. Один ледве за ногу не хапнув, - поскаржилася я, тикаючи пальцем у того, що заліз до ліча на руки і почав лащитися до нього, терся об груди вищої нежиті! Вгодований такий гад...

- Ти що, три дні тому на цвинтарі була? - Лісан подивився на мене задумливим і важким поглядом.

- Так повний місяць був, а мені синя папороть потрібна була, - стала я виправдовуватися. - А вона тільки в таких місцях росте. Тут-то раніше спокійно було, погости сплячі всі. Виходить, ліч у наших краях уже в цей час був? - жахнулася я, думаючи, що дивом перша на нього не нарвалася.

Це я пішла рятувати Оленку, а про мене й не згадали б...

- Ні, - заперечно похитав головою Лісан, усміхаючись, дивлячись на упирів і ліча. - Не було його ще тут тоді, я по його сліду весь цей час ішов, він петляв, потім мене відволікли... упустив на одну добу, а він сюди забратися встиг. І ще... Немає сплячих цвинтарів, Айка, обман це все, у кожного такого місця своя історія. Просто, як правило, вони харчуються лісовою живністю, мишами, поки більша здобич сама до них у гості не приходить, - усміхнувся маг і подивився на мене.

Я нервово ковтнула. Так, щоб я ще раз на якийсь цвинтар сунулася, ні, ні, ні. Здається, староста залишиться без зілля...

- А папороть тобі навіщо?

- В орків за нього виміняла волосину єдинорога, - задумливо промовила я, теж милуючись своїми упирями, які лічу поповзти не давали. Любо глянути! Така ідилія!

- Боги, Айка, - розсміявся Лісан. - А волосина єдинорога тобі навіщо? Його ж тільки в одному випадку для зілля використовують, - немов щось усвідомивши, некромант у мить став серйозним, а його погляд різко потемнів і похолов. - Коханець твій уже не справляється? Поганий вибір зробила, відьма, - жорстко вимовив Лісан, змірявши мене з ніг до голови гидливим поглядом.

- Зовсім дурень? - наїжачилася я. - Старості міста, в якому я живу, зілля потрібно було зварити, а то він погрожував пресвітлій інквізиції на мене поскаржитися, а на її вогнищі мені, знаєш, якось горіти особливо не хочеться, - неусвідомлено посмикнула плечима. - Одного разу з головою вистачило! Барвисто так запам'ятала все, докладно! І як на багаття тягнули, і як у нього гілочки підкидали. Дивом ноги винесла!

НЕКРОМАНТ ДО ПЛАНІВ НЕ ВХОДИТЬ

- Тебе спалити хотіли? - прошепотів Лісан і... він якось по-іншому став мене розглядати, щось у його погляді невловимо змінилося і потеплішало.

- Хотіли, - ствердно кивнула. - Але я їм запал зменшила, перш ніж утекти прокляла. Прокляття в мене добре виходять. Потім вони два тижні колами навколо мене ходили, щоб прокляття зняла. Зняла - вони заспокоїлися. А от староста ні.

- Ну і що, ти зварила старості зілля? - втомлено запитав Лісан, похитавши головою. Здається, я підірвала всі його стереотипи...

- У мене фамільяр - білка, - усміхнулася я. - А білки своєю залежністю до блискучих речей славляться. Загалом, ця клептоманка сперла волосину і десь тут, у цьому лісі, сховала його. Я, звісно, пошукаю, але сумніваюся, що знайду. І ось після того, що ти мені про цвинтарі розповів... думаю, староста залишиться без зілля.

- Зрозуміло, правильне рішення, - усміхнувся некромант і кивнув, а потім усміхнувся і тепло подивився на мене. - Тобі ніхто не казав, що ти стихійне лихо?

- Бабуся моя говорила, - зізналася я. - Ти їх розвіювати будеш? Мені не подобається, як вони в мій бік поглядають, - я крок назад зробила і до Лісана за спину відступила, поклавши долоні на його спину.

Відчула, як Лісан здригнувся від дотику, завмер, як м'язи в нього на спині закам'яніли. Я навіть невпевнено своїми долоньками по них поводила, щоб розім'яти, але, здається, домоглася протилежного ефекту.

- Навіщо ж їх розвіювати, - промовив чоловік, дозволяючи мені гладити свою спину, але м'язи від моїх дотиків не розслаблялися. Він, узагалі, став дуже нервовим і напруженим. - Таке всьому клану показати потрібно, - усміхнувся він.

Лісан, не попереджаючи, підняв руки, став виводити магічні паси, охоплюючи ліча й упирів енергетичною решіткою, яка буде їх стримувати і за свої межі не випустить. Потім різко рукою риску пряму провів, відкриваючи портал просто під цією кліткою, змушуючи її та її вміст у нього пірнути.

Ох, сильний некромант... я від несподіванки і захоплення нервово видихнула і завмерла. Навіть гордість усередині заворушилася, але ревнощі їй жваво надавали ляпасів, спускаючи з небес на грішну землю.

- І куди ти їх відправив? - спантеличено запитала я, намагаючись стримувати свої думки і бажання.

- У свій клан, - Лісан продовжував стояти спиною до мене.

Хоч він не розвертався, але я відчула, як його плечі поступово розправилися, м'язи все ж розслабилися, а на вустах чоловіка грала легка посмішка. Я її не бачила, але відчувала.

- Далі з ними і без мене розібратися зможуть, - тихо промовив Лісан.

- А чому ліча в темниці тримали? - цікаво все ж корисно назовні. - Ще й князівській?

- А де його тримати? - хмикнув Лісан.

- Я маю на увазі, чому взагалі...

- Не знищили? - зрозумів мене некромант. - Ліч - це колишній некромант, і розум там цілком збережений, як і магія.

- А своїх ви типу...

- А свої, якщо єдиному голові кланів - князю, служать і чорних справ не творять... Так, не чіпаємо, можуть бути корисні.

- Але цей у темниці сидів! Як злочинець! І як ліч може не творити...

- Може, - перебив мене Лісан і усміхнувся. - Сидів у в'язниці, значить, так потрібно було!

- Зрозуміло, - зітхнула я. - Скарб зарив і не хоче розповідати де.

- Дурниці не кажи, не псуй приємне враження про тебе.

- Взагалі-то це була іронія! - обурилася я. - Зрозуміло ж, що ти мені не відповіси на запитання.

НЕКРОМАНТ ДО ПЛАНІВ НЕ ВХОДИТЬ

- Відьма... - але вже по-доброму сказав Лісан і зробив новий пас рукою, відкриваючи ще один портал просто за метр від нас. Розвернувся до мене й акуратно взяв за плече, легенько підштовхуючи в бік порталу. - Іди, - прошепотів Лісан. - Він тебе прямо до місцевого міста перенесе, і більше по цвинтарях не бігай. Це небезпечно!

- Я туди не на прогулянку ходила, - проворчала я, зупиняючись і не збираючись іти в портал.

- Не на прогулянку, - кивнув Лісан. - Тільки мені або моїм людям після ось таких цікавих як ти роботи додається, а ми людське князівство недолюблюємо! Іди!

- Спасибі, звісно, - зітхнула я, прикусивши губу від образи, щоб зайвого не наговорити. Це ж він мене випроваджує подалі від себе, виходить, не потрібна йому відьма в ролі судженої. І дружина йому така, як я, не потрібна! Було прикро! Ось начебто радіти треба... домоглася того, чого хотіла, а виявляється, хотіла не цього! - Але мені спочатку Оленку забрати потрібно, - прошепотіла я. Некромант на мене нерозуміючи подивився, я, важко зітхнувши, пояснила. - Сьогодні вранці біля цвинтаря дитина зникла, дівчинка. Звати дівчинку Олена. Але староста з її тіткою до мене тільки о третій годині дня прийшли і допомоги попросили. Поки я її знайшла, ніч настала. Її цей ліч викрав. Тут, виявляється, згубне місце є, в якому ліс помер і рослинність зовсім не росте. Там великий кам'яний вівтар, а ще склеп поруч. Старий, древній, - задумливо проговорила я, - але не зруйнований. Так от, ліч цей дитину хотів у жертву принести, навіщо - не знаю. Який ритуал збирався проводити - теж не знаю. Я Олену встигла забрати, оберіг на шию їй одягла і на сосну, практично на саму верхівку, посадила за допомогою сили вітру, вона сама звідти не злізе. Тож ти йди у своїх справах, а я за дитиною. Очі постараюся більше не муляти...

Я вже почала йти, відчуваючи, що Оленка десь поруч і я швидко її знайду. Але Лісан схопив мене за руку, не дозволивши піти. Він закрив свій портал і хвилину стояв мовчки, уважно розглядаючи мене, не відпускаючи. Потім він усміхнувся.

- То ти сюди за дитиною прийшла? - тихо так, проникливо запитав некромант.

- Ні, знаєш, мені просто подобається самій собі пригоди на п'яту точку шукати, - обурилася я, намагаючись звільнити руку з його захоплення.

- Я допоможу зняти дитину з дерева, - Лісан не відпустив мою руку. - І покажи мені це згубне місце. Жертвопринесення, старовинний склеп - це все набагато серйозніше, ніж я думав, - похитав він головою. - Тепер зрозуміло, чому він петляв і плутав сліди. Треба зрозуміти, що там відбувається...

- Ходімо, тут не так уже й далеко, - зітхнула я, з одного боку приречено, а з іншого - зраділа, що ще трохи зможу побути поруч із ним, і сама цих почуттів злякалася. - Лісан, а що значить серйозніше? Що тут ліч робив?

- Потрібно оглянути місце, вівтар і склеп, - знизав плечима Лісан. - Однак, виходячи з твоїх слів, він хотів пробудити і оживити того, хто перебуває у склепі. Склеп Картака знаходиться на землях Північного клану, тобто цей склеп точно не його, і він там не ховався. Ліч - це особлива нежить, вони надають перевагу ілюзії, а не звичайному життю.

- І кого він хотів оживити? - жахнулася я.

- Враховуючи, що жертва жіночої статі...

- Жінку?

- Мабуть, так, - знизав плечима Лісан. - Тому й хочу подивитися. Мені тільки ще одного неврахованого ліча на своїй території для повного щастя не вистачає.

Я спіткнулася, але Лісан підхопив мене і не дав упасти. На моєму обличчі розповзлася задоволена посмішка, яку довелося ховати, але вона швидко зникла.

НЕКРОМАНТ ДО ПЛАНІВ НЕ ВХОДИТЬ

Виходить, я вже безповоротно вляпалася в Лиса і всю цю історію.

Далі ми з ним мовчки петляли між деревами, і поступово почало світати. Ніч кошмарів закінчилася, дихати стало легше.

Коли ми підійшли до згубного місця, Лісан його відчув, напружився і кинув на мене похмурий погляд. Я помітила дерево з Оленкою і відразу побігла до нього, хотіла за допомогою стихії вітру зняти перелякану дівчинку, але не встигла. Мій некромант показав дива спритності та віртуозності у стрибках. Лісан здійснив такі нелюдські стрибки, що в одну мить опинився на гілці з дитиною, підхопив її на руки і стрибнув униз, м'яко приземлився на землю. Тепер зрозуміло, як він тоді, там, де ми з лічем билися, так несподівано з'явився.

- І всі некроманти так уміють? - спантеличено запитала я, забираючи перелякану Оленку з його рук і притискаючи до себе. - Тш, маленька. Усе добре закінчилося, зараз додому підемо, - стала заспокоювати дівчинку.

- Айка, - схлипнула Оленка, - жива! - у неї по щоках потекли сльози, дитина дала волю своїм почуттям, вся втиснулася в мене і сховала голову на моєму плечі.

Потім вона притихла, мовчки вчепилася в мою шию, обняла і тільки схлипувала, не в силах нічого сказати. Довго тепер оговтуватиметься, поки забуде всі ці події.

- Некроманти вміють по-різному, - похитав Лісан головою і теплим поглядом пробігся по мені з Оленкою на руках. - У кожного свої таланти.

- Он там згубне місце, - махнула я вільною рукою в бік почорнілих дерев. - Два метри мертвого лісу, потім галявина і склеп, а ще вівтар.

Лісан перевів погляд у вказаний напрямок, прикрив очі й мовчки стояв хвилину, до чогось прислухаючись. А я замилувалася ним. Вродливий він виявився, статний, тіло сухорляве, все на місці, не перекачаний… Риси обличчя мужні, приємні, особливо коли без цих моторошних чорних вен на скронях. Та й сам він людина хороша, точніше, некромант хороший виявився.

Ми з ним практично одночасно повернули собі звичайні людські риси, у мене кігті зникли і погляд перестав бути моторошним, а навіщо він зараз? Світло вже. Поки судженого розглядала, не помітила, як поруч відкрився портал. З нього стали дружно некроманти вивалюватися, всього п'ять чоловік. Я, коли їх помітила, навіть здригнулася. Четверо чоловіків і одна жінка, вродлива дуже, з таким самим кольором волосся, як у Лісана. Чоловіки мовчки вклонилися йому і пішли в згубне місце, а ось жінка кинулася йому на груди, обіймати почала, в щоки цілувати. А на мене, наче відро холодної води вилили, так боляче в районі грудей стало, начебто серце що б'ється з грудей ще живим виривали. Ну не могла ж я в нього за один вечір закохатися? Чи з моєю удачею могла?

- Лісане, як ти міг один за лічем вирушити? - вимовляла його красуня. - Тільки недавно від ран оговтався. Як ти міг! А про мене хто подумає? Я ж переживала й хвилювалася! Якщо тебе не стане… хто місце голови займе? У тебе спадкоємців ще немає!

- Яких ран? - вставила я холодно свої п'ять копійок, не втрималася. У самої мороз по шкірі пробіг і лівий бік заболів… Значить, поранили його в лівий бік! Треба ж… як зв'язок швидко формується.

- А ви хто? - окинула вона мене цікавим поглядом.

Але я їй представитися не встигла, спіймала важкий застережливий погляд від некроманта, ледь власним обуренням не подавилася, але прийняла його рішення. Так хотілося сказати цій красуні, що я його майбутня дружина, але взяла себе в руки і промовчала. Які я права, власне кажучи, на нього маю? Сама від нього втекла, навіть познайомитися не захотіла. Принизила цим!

НЕКРОМАНТ ДО ПЛАНІВ НЕ ВХОДИТЬ

Він же голова клану, а там, крім усього, політика... Пожинай тепер, Айка, діла своїх рук і вчинків, це справедливо.

- Відьма місцева, - промовив холодно Лісан. Така байдужість у його голосі чулася, що я відчувала, як кожна клітинка мого серця замерзає і кам'яніє. - Тут дитина в лісі пропала, вона на її пошуки вирушила. На нашого ліча натрапила, змогла дитину від жертвопринесення врятувати. Ну і той подаруночок, який я вам переслав, - це її рук справа.

- Правда? - захоплено видихнула дівчина і простягнула мені руку, навіть незручно стало за свої нехороші почуття щодо неї. - Лаведія, - представилася вона.

- Айка, - потиснула я їй руку, а сама губу прикусила практично до крові. І от як таку милу коханку свого судженого можна ненавидіти? Мила, тендітна, ніжна... навіть мені совість не дозволить її образити.

- Айка? - вона здивовано підняла брови. - А не з роду Родеріг випадково?

- З нього, - кивнула я, уважно на неї подивившись. Знає, хто я? Однак безтурботність з її обличчя не зникла, і ревнощів там не з'явилося.

- Лісан, відпусти дівчину, - стала обурюватися Лаведія, оглянувши мене з усіх боків. - Ти подивися, на ній обличчя немає, бліда вся як поганка. Їй відпочити потрібно, не до розпитувань зараз. Встигнемо ще поговорити з нею, тим паче знаємо, де шукати. Відпусти, пожалій!

- Справді? Втомлена? - тепло посміхнувся їй некромант, однією рукою обійняв, викликавши в мене зубний скрегіт. - А ще півгодини тому така гостра на язик була і смілива.

- Перестань, - жартома, стукнула вона його кулачком по грудях, викликавши тихий і задоволений сміх некроманта. Прямо ідилія!
- Ти вибач його, він часом буває дуже нестерпним, але він наш голова, як розумієш, посада зобов'язує.

- У кожного свої недоліки, - видихнула я, намагаючись приховувати емоції, що вирували в мені. І ось як він міг мене цілувати? Та ще так палко? Якщо в нього така коханка?

- Треба ж, ще ніхто не казав, що бути главою клану - це недолік. Уперше від тебе таке чую, - розсміялася Лаведія.

- Лаведія, - перебив її Лісан. - Піди на склеп подивися. Крім тебе тих, хто в старожитностях такого роду розбирається, і немає нікого більше в нашому клані, а до сусідів по допомогу звертатися не хочеться. Хотілося б розуміти, кого хотів закликати у світ живих наш ліч і навіщо. Відчуваю, що похованню понад тисячу років. Якщо це склеп сильної магічки або відьми, потрібно залишки вилучити і спалити. Сюрпризи нікому не потрібні! Займися!

- Уже біжу, - захоплено сплеснула вона в долоні. - Приємно було познайомитися, ще побачимося, - кинула дівчина мені й побігла в бік згубного місця. Жваво так побігла, а я її сумним поглядом проводила.

Зрозуміло тепер, хто йому ліжко зігріває. У грудях стрімко свої крила розкривали ревнощі. Зітхнувши, я перевела погляд на Лісана, підхоплюючи зручніше Оленку на руках. Дівчинка видихнулася і, відчувши, що перебуває, нарешті, в безпеці, просто заснула. Лісан пильно подивився на мене, так, що мені стало незатишно. Я вчасно схаменулася і, взявши себе в руки, спробувала заховати всі ті суперечливі почуття, які в мені вирували і, швидше за все, красномовно відображалися на обличчі. Напевно, вийшло не дуже правдоподібно, бо Лісан усміхнувся і похитав головою.

- Тобі портал відкрити? - запитав він тихо.

- Своїми ногами доберуся, - злісно видихнула я, все ж вирувала в мені неабияка образа на Лісана.

Ні, я нібито все розумію... Я сама втекла. Навіщо йому втікачка і незрозуміла наречена? Особливо якщо є постійна, красива і вірна коханка?

НЕКРОМАНТ ДО ПЛАНІВ НЕ ВХОДИТЬ

- Про дитину подумай, а не про гордість свою, - усміхнувся Лісан і похитав головою, а я здалася, чим знову трохи його здивувала.

- Відкривай свій портал, - гірко видихнула я. - Справді, Оленці вже давно пора опинитися серед рідних, тож на її долю багато чого випало.

Хотілося скоріше звідси втекти. Втекти і більше з Лісаном не стикатися.

Лісан усміхнувся і знову простий пас рукою зробив. Повітря заіскрилося і пішло брижами, портал відкрився просто переді мною.

- Спасибі, - прошепотіла я й одразу увійшла в портал, більше не піднімаючи погляду на Лісана.

Не хотіла зустрічатися з його очима, не хотіла запам'ятовувати його образ ще чіткіше. Боляче... але сама все це заслужила! Однак...

Досить того, що він уже вразив мене і, здається, по вуха закохалася в нього. Треба ж було тікати від нього, щоб потім ось так усе склалося, а душу дедалі сильніше обволікав жаль. Зустріти, закохатися, а потім зрозуміти, що ти йому особливо й не потрібна, хоч і суджена.

Демони... Але ж сама справ накоїла? Він спочатку від шлюбу не відмовлявся, підготовка до церемонії йшла повним ходом, а я... Тепер пожинаю плоди своїх вчинків. Ось він, бумеранг у дії. У мене є унікальна можливість дізнатися і відчути все те, що відчував Лісан після моєї втечі. Напевно, варто було для початку хоча б із ним поговорити?

Але відьма є відьма! Варто було за моєю спиною зімкнутися порталу, і я зло видихнула, знову зручніше перехопивши сплячу дитину.

- Так, сама винна, але все одно гад! Щоб тебе совість заїла, а ночами про свій вчинок весь час думав! Коханка в нього... А їй судженого швидше зустріти! - пробурчала я і повільно побрела кам'яною доріжкою до будинку старости.

Лісан не обдурив, та й сильний він магічно виявився. Портал відкрився просто в межах міста. До будиночка старости п'ять хвилин пішки, а до себе додому я вже якось тепер точно доберуся...

ГЛАВА 5 - Замок Південного клану.

Лісан сидів у своєму кабінеті й уважно перегортав звіти. Справи клану вимагали його особистої уваги, а ще й проблеми з лічем... Довелося особисто виходити на нього, шукати, ловити, а тепер і утримувати в себе, адже це брат князя. Саме тому ліча не можна було знищити. Особливе розпорядження князя! Хоча... Лис знав Картака ще тоді, коли той був цілком живою й адекватною людиною, некромантом... Ну, майже адекватним... Не хотілося Лісану знищувати Картака, може, це й неправильно, але не розповідати ж про це все... дружині!

Лісан усміхнувся і похитав головою, відкладаючи папери вбік. Він зітхнув, встав і підійшов до вікна, заклавши руки за спину. Дружина... Треба ж було з нею там зіткнутися, ще й під час полювання...

У двері постукали, і Лісан обернувся.

- Голова? - у прочинені двері заглянув начальник внутрішньої варти.

- Привели? - хмикнув Лісан.

Він бачив і розумів, що його люди зараз уникали потрапляти йому на очі. Ну так... після зустрічі з Айкою настрій у нього був не з найкращих, а ніхто не хотів отримати додаткове завдання.

- Може, з охороною? - невпевнено запитав Пітер (керівник варти).

- Пітере, я все ж найсильніший некромант Південних земель! - скривився Лісан. - Ще б пак я з лічем, закутим в антимагічні кайдани, боявся особисто зустрічатися. Впускайте!

Пітер кивнув і зник за дверима. Незабаром вони відчинилися, і в кабінет увійшов Картакар. Рани на його тілі встигли повністю затягнутися, і очі вже не були криваво-червоними, лише легкий червонуватий серпанок. Картакар озирнувся, усміхнувся і спокійно попрямував до крісла. Сівши, він кинув питальний погляд на Лісана.

- Відновився? - усміхнувшись, вимовив Лісан, пильно розглядаючи ліча.

- Чим зобов'язаний такій увазі? - теж усміхнувшись, вимовив ліч. - От уже не думав, що ти забажаєш мене особисто побачити.

- Бажаю зрозуміти, що в тебе в голові? - усміхнувся Лісан, склавши руки на грудях.

- Ліс... - засміявся Картакар. - Ти ж не думаєш, що я сам тобі все щиросердно розповім?

- Ну, припустімо, чому ти петляв, я вже зрозумів, а ось тяги подарувати світові ще одного ліча немає. Ви начебто не шануєте одне одного. Ну і навіщо?

- Усе тобі розкажи та поясни, - Картакар трохи нервово постукав пальцями по підлокітнику крісла. - Норгон не дурень, послав по моєму сліду найкращого, але ж мені вдалося тебе заплутати!

- Мене відволікли, - хмикнув Лісан.

- Добре відволікли! Як бік?

- Як бачиш, живий, - розсміявся Лісан і підійшов до невеличкого столика, взяв склянку і налив у неї з глечика червону рідину. Потім простягнув склянку лічу. - Не очікував від тебе такого, але зла не тримаю.

Той не відмовився від частування, підхопив запропоновану склянку, підніс до носа і принюхався, а потім розплився в задоволеній усмішці.

- Не кров, але висококласний замінник, - захоплено промовив Картакар. - Лисе, а може, я в тебе залишуся вічність проводити? Передаси мене наступному поколінню у спадок, а чому ні? Камера з комфортом, годують, поять... чому не бути слухняним?

НЕКРОМАНТ ДО ПЛАНІВ НЕ ВХОДИТЬ

- Ні вже, сам зі своїм братом з'ясовуй стосунки, - хмикнув Лісан. - Гарне до тебе ставлення тільки через заслуги минулого, але... Ти дитину хотів убити!

- Витрати професії, - знизав плечима ліч і відпив зі склянки, задоволено поморщившись. - За життя здавалося гидотою, а зараз райським напоєм. За твоє здоров'я, старий друже, - Картакар відсалютував склянкою Лису і знову пригубив, роблячи кілька ковтків.

- Що ви з братом не поділили?

- Хто його знає...

- Картакар, адже я можу виявитися не найгостиннішим господарем!

- Що ми не поділили? Жінку, владу і життя? - філософськи вимовив ліч і знизав плечима.

- Дурень! - похитав головою Лісан. - У тебе не було судженої, а творити безумство через...

- Згоден, дурень, - кивнув Картакар і посміхнувся. - Минулого не зміниш, майбутнє пластичне. Чи все було так, як ви думаєте? А Лісан? Гаразд, - ліч махнув рукою. - Усе це лірика і мої проблеми. До речі, моя відьмочка залишилася жива? Може, за старою пам'яттю поселиш її в моїй камері? Поясню їй, що закохані упирі - це несерйозно...

- Не твоя відьмочка, а моя суджена! - проричав Лісан. - Тільки зачепи..., і я не подивлюся на заборону Норгона тебе не вбивати!

- Так... - задумливо промовив Картакар і залпом допив кровозамінник, відставивши склянку вбік і уважно подивившись на Лісана. - Дивні в братика збочення. Сам убив, сам воскресив і сам замкнув. Але це наші з ним справи. Що ж до відьми... Ну, раз суджена, претензій не маю і прав не заявляю. Вибач, Лісан, але, як то кажуть, сам дурень. Чому твоя жінка вночі лісом вештається, ще й цвинтарями та старовинними місцями поховання? Я там гостей не чекав і нікого не приманював. Навіть, навпаки, за собою прибрався, ну трошки старий цвинтар розбурхав, щоб людців відволікти. Ти б дружину свою до рук прибрав чи що... - ліч замовк і посміхнувся. - Хороша вона в тебе, що рідкість. Навіть завидно. Дивись, не я так інший...

- Навіщо хотів створити ще одного ліча?

- Ти ж знаєш, що я не відповім.

Вони мовчки мірялися поглядами, поки Лісан не видихнув важко і не відвернувся до вікна, не побоюючись підставити спину лічу.

- Не відпустиш? - втомлено запитав Картакар.

- Був би живий, відпустив би, - похмуро промовив Лісан, розвертаючись до Картакара.

- Ну дивись, тебе за язик ніхто не тягнув, - розсміявся Картакар, піднімаючись із крісла. - Я піду? У мене там у камері тарганячі бої намічаються.

- Іди, - усміхнувся Лісан.

Ліч теж усміхнувся і попрямував до дверей. Зупинившись біля них, він озирнувся.

- Лісе, коли мене братові повернеш?

- Можеш збирати речі і тарганів із собою прихопити.

- Обов'язково, - розсміявся ліч. - А ти подумай про те, що я сказав щодо відьми! Не знаю, що у вас сталося, але... Це не моя справа, мені своїх проблем вистачає!

Картакар відчинив двері й вийшов, де його зустріла варта й повела в темницю. Лісан зітхнув і знову підійшов до вікна.

Треба ж було йому в лісі натрапити на втікачку - Айвану Родеріг. Не просто суджену, а давно вже законну дружину! Боги одразу благословили їх і активували зв'язок, залишивши мітки на зап'ястях ідеальної пари. Щоправда, пара виявилася далеко не ідеальною! Айвана не зраділа знайденню судженого і втекла! Причому втекла в найневідповідніший момент: гостей запрошено, клятви в храмі заочно принесено, договори з родом Родеріг підписано... а дружини й сліду не було. Чутки, плітки, скандал...

Перший порив був наздогнати, відшмагати й замкнути в замку, але потім прийшло усвідомлення: навіщо? У нього й так проблем вистачає... навіщо йому дружина, яку доведеться силою утримувати? Щоб вона його ще більше зненавиділа? Чекати удару в спину або отрути? Своїх отруйників вистачає!

Ось Лісан і не наздоганяв, і не шукав, зрідка тільки поцікавляючись про життя дружини. Подобалася вона йому... але насильно милим не будеш. Перші півроку сподівався, що втікачка сама схаменеться і прийде до нього, щоб поговорити. Даремно сподівався... Айка дуже органічно вписалася в життя темної відьми. Жила серед людей і на життя особливо не скаржилася, про судженого теж не згадувала. Різні ходили чутки... Дружині його приписували таємні любовні зв'язки, Лис не вірив, не було поруч із дівчиною помічено сторонніх, але...

При зустрічі відьмочка сама озвучила, що втекла через те, що знайшла собі когось кращого, ніж він. Лісана встромили ревнощі, і він вилаявся, спершись руками об підвіконня.

- Зараза дрібна! Треба ж було так невчасно зустрітися! Ще й остаточно закарбуватися! Спочатку навіть не впізнав... як усього за рік змінилася, покращала і подорослішала... енергетика сильнішою стала.

Перед очима одразу ж виник образ Айкі: розпатлане світле волосся, неймовірно красиві очі. Так, йому вони подобалися навіть із вертикальною зіницею. Дві блискучі зірочки, а губи... згадалося, як він не витримав і поцілував дівчину, спочатку від злості й ревнощів, а потім... а потім втратив над собою контроль! Надто бажана... І начхати йому було, що десь поруч лежить несвідоме тіло ліча, який колись був майже другом.

Лис скривився й мотнув головою, але перед очима знову виник образ дівчини. М'які, податливі й такі солодкі губи... а вигини тіла які... і адже...

- Або дрібна капость мене обманює чи просто злить, або... у неї точно не було багато коханців! Занадто полохлива і... недосвідчена! Демони, яка гарна... - прошепотів Лісан, відчуваючи, як його плоть наливається, і в штанях стає мало місця. - Демони... - вилаявся Лісан.

Зараз би зняти напругу тіла, але проблема в тому, що ніхто, крім судженої, більше не спокушав. Не той запах, не ті очі, не той голос... усе сіре й несмачне, а тут тільки від одного спогаду йди в душ... а ще сни... Минув тиждень після його зустрічі з Айкою, і щоночі йому снилася дівчина. Яскраво снилася, але головне - без одягу і в дуже відвертих позах... а ще вона шепотіла його ім'я і дуже солодко стогнала... Лісан скривився і випростався, розтираючи долонями обличчя.

- Дійсно потрібно душ прийняти, причому холодний! Та що ж таке, працювати не можу! А через три дні нарада кланів у княжому замку! Ще й братика князя потрібно туди неушкодженим доставити. Норогон... Навіщо вплутує мене у свої справи? Вірність хоче перевірити? Як же невчасно...

Лісан розім'яв шию, а потім знову втупився у вікно.

- І що робити? Намагатися з'ясувати стосунки з Айваною? Так після того, що я їй наговорив у лісі, відьма скоріше прокляне, ніж адекватно поводитиметься. Образилася... і до себе не підпустить... - Лис розсміявся.

Не було в нього коханок, точніше, були, але рівно до того моменту, як випадково зіткнувся в будинку рад магів з однією молоденькою відьмочкою. Відьмочкою, яка навіть не звернула на нього тоді уваги і не запам'ятала, а потім, можливо, ще й зненавиділа! Інакше навіщо втекла? А може, всі ці плітки все ж таки правда? Ще у відьомській школі закохалася в якогось велелюбного відьмака? Тому і втекла, а він її кинув? Кому потрібна відьма, у якої суджений уже визначився? З богами сперечатися ніхто не буде, і дитину така відьма тільки від судженого зачати зможе. Серйозних стосунків із нею ніхто будувати не буде.

Лісан розсміявся і похитав головою, а потім скривився. А чи не тому Айка так легко сприйняла їхнє закарбування? Чи не через це вирішила раптом стати його дружиною? Знала б відьма, що вже давно заміжня! Айка на нього не звернула уваги, а ось боги помітили їхню зустріч! Саме в той момент, коли на нього в коридорі налетіла відьмочка, сипло вибачившись і побігши далі, їхній зв'язок і зародився, а потім розцвів.

- Ой дурень! - прошепотів Лісан, усвідомивши, що накоїв.

Адже він сам дав зрозуміти Айці, що вона йому не потрібна і місце в його ліжку і серці вже давно зайнято. Навіщо? Через те, що занадто легко вона прийняла факт запечатування? Уникала шлюбу, а тут візьми й заяви, що вона врятувала майбутнього чоловіка від ліча?

Ось це і розлютило, захотілося, щоб дівчина почала ревнувати і відчула хоч дещицю того, що довелося пережити йому. По-дитячому? Так! Від ліча врятувала... він просто не хотів псувати зовнішній вигляд цієї "проблеми". За старою пам'яттю і через Норгона... Але... але ж Айка не злякалася ліча! Билася з ним і захищала дитину. А як вона притискала до себе дівчинку... у Лісана тоді все стислося всередині, а ще... до остраху захотілося власної дитини. Причому дитину від Айкі й так, щоб розтягнути процес зачаття...

Скрипнули двері й пролунали тихі кроки, але Лісан навіть не подумав обернутися.

- На тобі обличчя немає, - тихо промовила Лаведія.

- У якому місці ти зараз бачиш моє обличчя? - розсміявся Лісан і розвернувся до молодшої сестри.

- Не пащекуй, - зітхнула Лаведія і пройшла всередину кабінету, вмощуючись у крісло. - Ну і довго ти будеш мучити себе?

- Ти мені краще скажи, змогла з'ясувати, кого Картакар хотів оживити?

- Якусь Дороті Фаркусу, - знизала плечима Лаведія. - Про неї мало інформації. Жила понад тисячу років тому, вважалася сильним некромантом, померла...

- Місце згубне...

- Душа в неї була не світлою, - знизала плечима Лаведія.

- Ну і навіщо вона йому?

- Ну...

- Лаві, не нудьгуй, які думки?

- Думаю, він шукає можливість стати живим по-справжньому, - знову знизала плечима Лаведія. - Він хоче повернути собі те, що втратив.

- Поясни.

- Картакара вбили, він помер не своєю смертю, через це й переродився, а не перетворився на зомбі, як від початку хотів Норогон. Просто відчувати біль і... Думаю, Картакар хоче знову стати живим по-справжньому. Щоб сказати точно, мені потрібно побачити ліча і поговорити з ним, але цього я робити не хочу. Та й ти не дозволиш, за що тобі уклін, братику.

- Чим йому могла допомогти Дороті Фаркусу?

- У княжій бібліотеці більше інформації, але те, що я змогла знайти... В одному цікавому документі згадується, що низка некромантів проводили специфічні експерименти над людьми. Вони хотіли навчитися запускати назад процес... смерті! А потім з'явилася ідея спробувати перетворити ліча на живу людину. Адже тіло ліча, немов завмирає і не псується, як у звичайної нежиті, і розум, магія...

- А Дороті Фаркусу брала участь у цих експериментах?

НЕКРОМАНТ ДО ПЛАНІВ НЕ ВХОДИТЬ

- Спочатку так, а потім вела приватну наукову практику, і ходили чутки, що їй вдалося воскресити свого коханого. Але це чутки. Ніяких підтверджуючих документів не було, і її наукових праць не збереглося. І ще... у склепі була похована тільки вона! Тож не думаю, що їй вдалося це зробити.

- Тобто Картакар хотів пробудити її, щоб поспілкуватися, так би мовити, з першоджерелом інформації?

- Так, - кивнула Лаведія. - Це егоїстично, але логічно.

- Демони... він знав із самого початку, куди йшов, і просто водив мене колами, заплутуючи слід! Цікаво, що він збирався потім робити з Дороті? Найімовірніше, знищив би. Картакар не розуміє, що грає з вогнем! Він же може випустити у світ живих найтемніші сутності, з якими ні він, ні ми не впораємося! Ідіот! Але ж я міг втратити слід...

- Так, і якби твоя дружина не наслідила так на старому цвинтарі, принадивши всю місцеву нежить до себе... ми б і не звернули увагу на те місце. До речі, про твою дружину. Скільки ще часу ти будеш себе і її мучити?

- Вона на ту, що страждає, не схожа.

- Вона жінка і вона відьма. Якби за мною в погоню не кинувся мій наречений, я б теж образилася. Хіба мало, що в нас - жінок, на нервовому ґрунті за думки! Я бачила, як вона на тебе дивилася зараз. Так не дивляться на того, хто байдужий. Поговори з нею, а краще одразу забери сюди в замок. Ти чоловік, маєш усі права.

- Лаведія, навіщо мені цей головний біль і так...

- Цей головний біль твоя суджена! А з огляду на те, що ти зробив там у лісі... довго будеш навколо неї колами ходити, якщо не забереш. Поговори з нею!

- Лаві...

- Лісан, на тебе дивитися страшно! А вона відьма! Вона вигоріти може! Ти...

- Що я, Лаведія? Не я від неї тікав!

- Боги, Лісе, ти ж дорослий чоловік! А поводишся, як ображений хлопчик! Думаєш, я не помітила, які у відьми були припухлі губи? Не помітила, як вона на тебе дивилася? А як на мене дивилася?! Я, до речі, не помітила на твоєму обличчі слідів від ляпаса!

- Вона била нижче, - розсміявся Лісан.

- Ти що, не тільки цілував її, а ще й лапав? - шоковано вимовила Лаведія. - І, швидше за все, наговорив їй перед цим гидот!

- І як же вона дивилася на мене? - уникнув відповіді Лісан.

- Вона закохалася в тебе, хоч і не хоче цього визнавати, а ти... Що ти їй наговорив? Вона приревнувала мене до тебе! Приревнувала, але я їй здалася настільки милим зайчиком, що рука не піднялася проклясти! То що, Лісан?

- Сказав, що в мене є коханка і наречена мені не потрібна, - знизав плечима Лісан.

- Ліс... Ти ідіот! Поговори з нею! Негайно! Чому твоя дружина не знає, що вона заміжня?

- Після князівських зборів так і зроблю, - усміхнувшись, промовив Лісан.

- Краще зараз, Лісан, - похитала головою Лаведія. - А якщо не слухатиме, хапай і тягни в замок! Не маленькі, розберетеся...

- А якщо чутки про те, що вона мені зраджувала, правда?

- Боги, Лис... та вона мухи не образить, якщо, звісно, муха біла й пухнаста. Так-то вона відьма і язик у них за зубами не тримається, але... Особисто моя думка, що дівчинка безневинна, а якщо й ні... Лис, ти до шлюбу теж целібату не дотримувався! Дурниці це все!

- А ось із цього моменту детальніше! - Лісан кинув на сестру задумливий серйозний погляд.

- Я тебе благаю... - пирхнула дівчина і закотила очі. - Чи не буде тобі соромно перед моїм майбутнім чоловіком, якщо він коли-небудь з'явиться? Краще подумай про свою дружину!

НЕКРОМАНТ ДО ПЛАНІВ НЕ ВХОДИТЬ

- Ти так її захищаєш, - розсміявся Лісан і підійшов до крісла, де сиділа його сестра.

- Я за тебе переживаю, - зітхнувши, промовила Лаведія. - А Айка мені сподобалася. У неї світла душа. Ти ж знаєш, я відчуваю такі речі. Ви обидва просто накоїли дурниць! Чим тут пахне? - Лаведія насупилася і принюхалася. - Конваліями... звідки в нас конвалії?

- Лінчем тут пахне, - хмикнув Лісан. - А от чому він у тебе з конваліями асоціюється, цікаве запитання. - Лаведія від його слів скривилася, і Лісан розсміявся. - Гаразд... Визнаю, ти маєш рацію, - кивнув він. - Мабуть, вирушу я до дружини сьогодні...

- Голова... - до кабінету вбіг молоденький некромант, одягнений у все чорне. - Термінове послання від князя! - він підбіг до Лісана і передав йому невелику магічну кулю, що світиться фіолетовим світлом.

- Вільний, - насупившись, вимовив Лісан, забравши кулю-послання з рук посильного.

Некромант поклонився і втік, а Лісан активував кулю і прочитав послання. У міру того як він вчитувався, його обличчя ставало дедалі похмурішим.

- Що сталося? - запитала Лаведія у брата.

- Спроба перевороту і замах на князя, - деактивувавши послання, виголосив Лісан. - Норгон терміново скликає всіх голів кланів, тож ти залишаєшся за головну і наглянеш за кланом. Картакара я заберу з собою, якраз повернемо його в князівські темниці і забудемо, як страшний сон. Нехай брати самі між собою з'ясовують стосунки. З огляду на цю спробу перевороту... Даремно Норгон думав, що брат мітить на його трон. Поки Картакар обіймав посаду голови служби безпеки, у князівстві було тихо. Питання...

- З Дороті Фаркусу питання вирішено, - кивнула Лаведія. - Більше ніхто й ніколи не зможе спробувати її закликати й воскресити. Можеш за це не переживати. На старому цвинтарі в людських землях ми провели ритуал остаточного усипляння. Хто там смирно спить, так і спатиме. Що із закоханою нечистю робити? Заспокоїти чи знайти застосування?

- Упокойте від гріха подалі, а то життя від них не буде. Вони й так ночами серенади завивають... - скривившись, вимовив Лісан. - И...

- Нагляну за людськими землями, але ти ж розумієш, що там у нас...

- Головне приглянь і в разі чого...

- Дам знати, якщо проблему вирішити самостійно не зможу, - кивнула Лаведія. - Лисе, а ти справді хотів шлюб розірвати?

- Хотів, але тепер не буду... хоча... треба дізнатися, що про це сама Айка думає. Не хотілося б бажане прийняти за дійсне.

- Але ви ж суджені...

- І що? - усміхнувся Лісан. - Ідеально підходять один одному магічно й енергетично, та й на фізичному рівні, але це не панацея, якщо немає взаєморозуміння! Лаведія, подивися на світ не через рожеві скельця.

- І що є ритуал...

- Є, дуже болючий, але є.

- А як глава роду Родеріг сприйняла...

- А як ти думаєш, чому між нашими кланами зараз напружені стосунки? Негативно!

- Лисе, не видавай мене ніколи заміж, - задумливо промовила Лаведія. - Муторно все це.

- А хто мені розумні поради дає? - розсміявся Лісан.

- Так з боку воно завжди простіше і видніше, - розсміялася Лаведія.

- Судженого зустрінеш, тоді й поговоримо з цього приводу, - усміхнувся Лис.

ГЛАВА 6 - Суджений, не суджений. Чоловік?

Оленку я, як і обіцяла, одразу в будинок старости віднесла. Там вона прокинулася від захоплених вересків і потрапила в міцні обійми купчихи. Над дівчинкою пурхали і здували пилинки: "поїж, попий водички, вмитися, переодягнутися" - і все в такому дусі. Все-таки купчиха її любила по-справжньому. Грошей я з неї не взяла, навпаки, залишила заспокійливі збори і розписала, як ними дитину поїти. Дівчину тепер із такого стану виводити потрібно, повільно й акуратно, оточивши любов'ю. Невдовзі все це забудеться... Я ось, доросла "дівчинка", а досі ночами підхоплююся в мокрому поту. Сняться мені налиті кров'ю очі ліча, а інколи... а інколи сняться зовсім непристойні сни, де ми з Лісаном чинимо непристойності... І от не знаю я, що краще: жахіття чи ось такі сни.

Єдине, що мене трохи потішило того дня, точніше, ранку, коли Оленку її рідні повернула, так це кисла фізіономія старости. Обломилося йому вночі солоденьке, а він напевно зілля, яке в мене взяв, випив... Але ж сам дурень? У купчихи горе, а він до неї зі своєю "любов'ю"...

Минуло вже цілих два тижні після цих нещасливих подій з лічем і викраденою дівчинкою. Час своєю чергою біг, відгукуючись глухою тугою в моєму серці. Лісана я з голови і серця, як не старалася, викинути і виколупати не змогла, хоч і старалася! Важко мені було... дуже важко... ще й сни ці... а вони почастішали!

Усе це моя Руда Поганка помітила, намагалася розвеселити, намагалася з'ясувати, в чому причина туги, але я від неї відмахувалася. Не хотіла з фаміль'яром своїми душевними переживаннями ділитися. З неї станеться, до бабусі побіжить... На її ж думку, мене терміново рятувати потрібно. Відьми тугу дуже погано переносять. Якщо не впораються з нею, можуть самі себе висушити. Мені до повного вигоряння далеко, але... навіть я розуміла, що потрібно з цим щось терміново робити. Найрозумніше було б самій піти на уклін до Лісана і поговорити з ним по душах. Як не крути, а ми суджені, а тепер ще й закарбовані. Назад дороги немає, і діти в нас можуть бути тільки одне від одного. Від доньки років так через десять я б не відмовилася...

- Поговорити... - прошепотіла я і скривилася, немов кислий лимон з'їла. - Та до демонів! Може, коханця завести? Є ж у цьому свої плюси? Цікаво... - прошепотіла це і накрила обличчя долонями. Фантазія в мене багата, і мене аж пересмикнуло від відрази, варто було уявити себе з ким-небудь, окрім Лісана.

Найогидніше, що поцілунок некроманта мені сподобався, і ті почуття, які мене тоді охопили, теж подобалися, і сни... Сни й фантазії... Так, теоретично я чудово знала, що між чоловіком і жінкою відбувається, а от практичного досвіду в мене не було. І це зараз злило! Виходило, що я вірність Лісану зберігала, хоч і втекла від нього, а ось він...

- Богиня Відьма, як із розуму-то не зійти? - жалібно прошепотіла я і потерла долонями обличчя. - Коханку гад завів! А може, вона в нього від самого початку була? Ще до того, як на наших руках знак суджених з'явився? Цілується він добре... Хоча порівнювати мені особливо й нема з ким... І... демони, вона настільки мила, що й гидоти їй не побажаєш! Ну от як-то так?!

- Айко, а що відбувається? - пролунав поруч голос Рудої, і я здригнулася.

- Знову непомітно підкралася? - фиркнула я, начепивши на себе маску безтурботності. - Рижику, у тебе справ твоїх фамільярних зовсім немає? Дай понудьгувати!

Руда зістрибнула з шафи на стіл, біля якого я сиділа, і красномовно пирхнула, ще й лапи в боки уперла. А я посміхнулася від такої милоти. Що не кажи, а хороша вона в мене!

НЕКРОМАНТ ДО ПЛАНІВ НЕ ВХОДИТЬ

Руда навіть в один прекрасний момент принесла мені назад цей нещасливий волосину єдинорога, через який все почалося, і намагалася всучити його мені в руки. Але я відмахнулася. Навіщо він мені тепер? Не буду я для старости зілля варити! Нехай сам домагається любові своєї купчихи, а я не хочу в цьому брати участь. І йти звідси теж не буду: звикла, напевно, до такого життя, та й до цих людей теж звикла.

Ну, а якщо староста справді викличе інквізиторів, що ж, нехай так... Значить, на одну бідну відьму стане менше. Хоча провини за собою я ніякої не відчуваю, цим-то пресвітлим неважливо, кого спалювати. Для них важлива статистика, тобто кількість знищених відьом, відьмаків, перевертнів і чорнокнижників.

- От дивлюся я на тебе, Айко, - почала ходити взад-вперед по столу моя білка, поглядаючи на мене задумливо. - і зрозуміти не можу, що з тобою сталося? Зовсім пасивна стала, а раніше на місці й п'яти хвилин всидіти не могла. Замислена, похмура... Зілля старості варити відмовилася, багаття тебе не лякає і речі ми не пакуємо! А ну, зізнавайся, що відбувається?! - Руда зупинилася навпроти мене і сіла, пропалюючи мене випробовуючим поглядом.

- Нудно, - усміхнулася я. - Просто нудно!

- То ти на цвинтар уночі сходи, - видала геніальну думку Руда. - Вони, як виявляється, на тебе позитивно впливають. Одразу весело стане! А життя примножиться і збагатиться різними барвами.

- Типун тобі на язик, - скривилася я від спогадів про упирів, а ще знову зайвий раз про Лісана згадала, і це одразу ж відбилося на моєму обличчі.

- Як не соромно фамільяру, тіпун бажати, - Руда почала ледве язиком перевертати.

Довелося вставати і за потрібним зіллям іти. Накапала їй кілька крапель у ложку і простягнула. Руда миттю все злизала, а потім мовчки стала лапами свій язик обмацувати, а я розсміялася. Ну, кумедно ж!

Тут-то двері й скрипнули, змусивши здригнутися і подивитися в їхній бік. Серце в район п'ят перемістилося, коли я розгледіла гостя. Лісан Мерстін - власною персоною. Я застигла в шоці, не знаючи, що сказати цьому "гостю". Він спокійно увійшов всередину, немов до себе додому, і почав озиратися на всі боки. Потім усміхнувся і подивився на мене. Напевно, хвилину ми мовчки пропалювали одне одного поглядами, а потім... Некромант повільно, немов хижак, почав підходити до мене.

- Не рада? - знову усміхнувся Лісан, пробігши задумливим поглядом по моєму обличчю і затримавшись на мить на губах. Мене зрадницьки обдало жаром...

- Чому ж? - прошепотіла я невпевнено. Руда переводила погляд з мене на Лісана і принюхувалася. - Чай будеш?

- Сама приготуєш? - Він нахилив голову набік і дивився так, ніби хотів зазирнути в саму душу, а вона мені самій потрібна!

- Ні, білку попрошу! - розлютилася я від обурення. От що йому потрібно? - У мене прислуги немає! Усе сама... своїми ручками! Або ти думаєш... - я примружилася і затулила рота від обурення.

- Ну, а хто тебе знає, раптом усе ж таки отруїти захочеш? - усміхнувся цей нехороший некромант. - Немає судженого, немає проблем...

- Знаєш, що, а провалюй-ка ти до своїх грілок постільних назад! - я від злості навіть зубами скрипнула і руки на грудях склала. - Я тебе в гості не запрошувала!

- Які претензії, люба? - усміхнувся Лісан, цей гад явно потішався зараз наді мною. Він підійшов практично впритул і навис зверху, але рук не розпускав, а в мене зрадницьки почервоніли щоки. - Ти ж теж за мною не сохла і вірність не зберігала. Тож ми квити. Або нудьгувала і тепер ревнуєш?

У мене від його висловлювань ледве пара з вух не пішла, з'явилося величезне бажання схопити мітлу і перевірити на міцність її держак, а поруч Руда на свою волохату сідничку сіла і обурено пирхнула.

- Так, так, так, - протягнула Руда. - А я, здається, зрозуміла, чому ми вже два тижні такі похмурі й пониклі ходимо. - Я на неї попереджувальний погляд кинула, тільки ця поганка його зі спокійною совістю проігнорувала. - Чи це наречений наш, від якого ми стільки часу ноги робили? - нахабно запитала вона, розглядаючи некроманта. - Красивий! Айка, ти дурепа! - видала вердикт мій фамільяр.

- Який кумедний у тебе фамільяр, - розсміявся Лісан.

- Ти мені теж подобаєшся, бліденький, - не залишився в боргу мій Рижик. - То які претензії до моєї дівчинки? Це коли вона тобі встигла зрадити? Та вона, взагалі, ще не цілована! - здала мене з потрохами Руда.

- Язик вирву, - прошипіла я, не знаючи, як урятувати ситуацію. - Типуном не відбудешся!

- Навіть так? - підвів брову Лісан і перевів на мене задоволений потемнілий погляд, а потім так красномовно, по-власницьки пробігся по моїй фігурі, що мене мимоволі в жар кинуло. - Ну, з нецілованістю ситуацію ми вже виправили, - задумливо протягнув він і подивився на Руду. - Інформація застаріла, погано за своєю господинею наглядаєш.

- Навіть так? - присвиснула Руда, вторячи йому. - І ситуацію, виходить, виправив саме ти? І що, зібрався тепер з іншим усім цим робити? Теж будеш ситуацію виправляти?

- Думка ця мені подобається, - тихо і проникливо вимовив Лісан, ще більше вганяючи мене в фарбу.

- Зате мені не подобається! - обурилася я.

- Та ти два тижні за ним сохнеш! На тобі обличчя немає, страшно поглянути, а якщо поруч із тобою постійно перебувати, то, взагалі, вити хочеться! - знову нахабно здала мене Руда нахабка. - Навіть он спеціально старосту провокуєш, хочеш, щоб він інквізиторам на тебе донос настрочив, - потім ця дрібна капость до Лісана розвернулася. - Адже вона на багатті вирішила згоріти! Вигоряння в неї починається! Потрібно щось вирішувати... Причому терміново!

- Ти чий фамільяр? Мій чи його? - прошипіла я і спробувала її за хвіст зловити, тільки Руда вправно від моїх рук ухилилася, на підлогу зістрибнула і до Лісана на плече застрибнула, ще й за вухом дозволила йому почухати себе.

Я від обурення навіть крякнула.

- Найімовірніше, скоро спільним фамільяром буду, - з'їдзивила мені білка і фиркнула.

- Отже, на багаття зібралася? - загрозливо прошипів Лісан і зло подивився на мене. - Нічого розумнішого не придумала? - маг почав із себе виходити. - Та тебе на хвилину залишити не можна, ти собі неприємності сама знайдеш, а якщо не знайдеш, то старанно сама їх створюватимеш!

- Твоя хвилина два тижні тривала! Та й, узагалі, тобі яке діло? - я розлютилася. - Іди, спи зі своєю Лаведією! Мила, ніжна дівчинка! Ще й не відьма як я! Від тебе не тікала, проблем не створювала...

- Лаведія моя сестра, - розсміявся Лісан, а я від такої інформації сторопіла, що красномовно на обличчі відбилося. - Якби потрудилася родовід свого судженого вивчити, у тебе б зараз не були б такі круглі і здивовані очі, і для ревнощів причин теж не було б, - продовжив він, уважно розглядаючи моє обличчя.

- Ну і що, що вона сестра твоя, - я не збиралася здаватися, руками обхопила себе за передпліччя. - Ти мені сам казав, що в тебе є, кому твоє ліжко зігріти. От і йди до кого хочеш, спи з тим, із ким хочеш, і одружуйся з тим, з ким хочеш, а мене залиш у спокої!

- Умовила, - вимовив цей гад.

Я навіть моргнути не встигла, Лісан спочатку мене на руки підхопив, а потім закинув собі на плече, зручніше поправив, щоб простіше нести було. Я брикалася, так "наречений" мене долонею по м'якому місцю ляснув і лапищу звідти не прибрав! Зручненько так її там розташував, ще й обмацав мою сідницю, гад.

- Зовсім з глузду з'їхав? - обурилася я. - Ти що твориш? Лісан! А ну постав на місце і кінцівку свою нахабну прибери!

Обурення душило, а ще було страшно! От що надумав?

Я висіла головою вниз, незручно-то як. А якщо зараз клієнти завітають? Перед очима тільки зад нареченого, обтягнутий щільною тканиною штанів. Укусити, чи що?

- Та ти кого хочеш з розуму зведеш, - розсміявся Лісан. - Сама сказала, що я можу спати з тим, із ким хочу. Ну, так я твою пропозицію повністю схвалюю, - і цей гад мене на вихід із крамниці поніс.

- Так, а я тут до чого? - продовжувала обурюватися я і знову спробувала з його плеча сповзти. Мене поправили і знову по попі ляснули.

- Перестань брикатися, а то зв'яжу, - пригрозив мені некромант. - Я спати з тобою, Айка, хочу, і не тільки спати... - пролунало це так, що в мене по шкірі мурашки в різні боки розбіглися, а дихання збилося. - Уже давно це питання вирішити потрібно було. Усе відкладав... думав, сама схаменешся, прийдеш, ось тоді й поговоримо. Але ти ж відьма, ще й природна! Логіка у вас відсутня, все імпульсивно робите! Але крапку потрібно вже ставити в цьому питанні, хоч зараз час не дуже вдалий видався. Але... он, поки питання клану вирішував, ледь тебе на багатті не позбувся! Тебе, Айка, краще завжди під рукою тримати, так мені спокійніше буде!

- Послухай, Лісане, я не знаю, що ти там задумав, - нервово промовила я, - але я другорядною грілкою в тебе бути не збираюся і, тим паче, спати на простирадлах, на яких ти з іншими... - я замовкла, не знаходячи пристойних слів, щоб думка своя висловитися.

Треба зізнатися, мені подобалося погойдуватися в нього на плечі з боку в бік і милуватися рельєфними м'язами його спини та пружними сідницями. Була навіть шалена думка помацати... цікаво, як би Лісан відреагував на таке нахабство? Хоча... мене ж він мацає!

Відповісти і вийти з моєї крамниці Лісан не встиг. Двері знову скрипнули і відчинилися, явивши мою бабусю. Я її бачити не могла, але за енергетикою і голосом одразу ж упізнала.

- Негайно прибери від моєї онуки свої лапищи, Лісан Мерстін, - обурилася глава відьомського роду Родеріг. А я бабусю знаю, вона в гніві страшна, от тільки чому вона обурюється, якщо сама наше весілля прискорити намагалася? Тут би їй зрадіти!

- Боги! Бабусю, а ти тут звідки?! - видихнула я, але старша мати мене проігнорувала.

- Шановна Агата Родеріг, ми з моєю дружиною якось без вашого втручання тепер розберемося, - холодно осадив її некромант. - Ви й так з благими намірами... могли з онукою поговорити, а не ставити її перед фактом у найостанніший момент! Чого домоглися?

- Що значить "дружиною"? - подала я здивований голос з-за його спини, а сама подумала: "Смертник! Хто ж так з Агатою Родеріг розмовляє? Він значить, головну відьму роду злить, а мучитися потім мені, знімаючи з нього порчу, і хто знає, що там іще бабуся на нього знайде за таке нахабство".

- Ти ж на розлучення хотів подавати, - хмикнула бабуся, але дивним чином голос її став більш доброзичливим. - Яка тобі тепер різниця?

- Яке розлучення? - знову обурилася я. Здається, ці двоє знають набагато більше, ніж я в цьому питанні.

- Значить, уже передумав, - припечатав мою старшу родичку некромант, який, як виявляється, вже цілком мій законний чоловік. От тільки коли я заміж встигла вийти, розуму не прикладаю!

НЕКРОМАНТ ДО ПЛАНІВ НЕ ВХОДИТЬ

- Вона тобі не іграшка, - обурилася бабуся. - Щоб туди-сюди божественним шлюбом розкидатися. То одружуся, то розлучаюся...

А ось це я схвалюю, з цим повністю згодна. Я точно не іграшка, і тягати мене звисаючою з плеча вниз головою необов'язково. Ось ще почую кілька незрозумілих мені фраз із їхніх вуст і точно вкушу! А бабусі потім висловлю все, що думаю з цього приводу!

- Я її не віддам і не відпущу, - промовив Лісан, міцніше притискаючи мене до себе. - Тож стримайте свої апетити!

- Ну, це вже зовсім інша справа, - розсміялася задоволена бабуся. - Тоді благословляю, діти мої. З появою моєї правнучки не затягуйте! - напучувала ця стара інтриганка. - Претензій не маю! - це вона вже персонально Лісану сказала.

- Мені може все ж таки хтось пояснити, що відбувається? - обурилася я. Чесне слово, починаю закипати! - Коли я встигла стати дружиною, а не нареченою, і чому це ти, Лісан, зі мною розлучатися збирався?

- Айвана Родеріг, ти вища відьма ковена, - почула я суворий голос бабусі. - Соромно не знати, що якщо знаки суджених проявилися й одразу ж потемніли, то шлюб вважається укладеним і освяченим самими Богами. Ти що, уроки у ведовській школі прогулювала?

- Головне, я її закінчила, і ліцензія у мене є, - видихнула я. - У книгах про такі нюанси зміни кольору знаків суджених нічого написано не було!

- Значить, прогулювала, - важко зітхнувши, зробила висновок бабуся.

- Ну, іспити-то я склала, - не знайшла я іншого аргументу для виправдання. Не одна я прогулювала! - Добре... Припустимо, божественна воля і все таке, але... А що там із розлученням? - тихо запитала я. Це запитання мене цікавило наразі куди сильніше. У відповідь - мертва тиша. - Лісан, я тебе зараз за м'яке місце вкушу, боляче вкушу, якщо ти мені не відповіси, - зло прошипіла я.

- Ти сама цього шлюбу не хотіла, - прошепотів тихо некромант. - Який сенс мені жінку насильно біля себе тримати? Навіть якщо ця жінка - суджена?

- А поговорити зі мною ти не пробував? - зло й ображено засопіла я. - Я ж відьма, та ще й стихійниця. Природна! Ми саме - протиріччя!

- Айко, а хто мороки наводив і ховався? Хіба ти хотіла, щоб тебе знайшли? - і стільки звинувачення в його голосі, що мені навіть соромно стало.

- Та мої мороки тільки бабуля й не бачить, - обурилася я. - А від некроманта не сховаєшся! Я й не намагалася від тебе ховатися, прекрасно усвідомлюючи, що, якщо ти захочеш, зможеш мене знайти, та тільки ти не шукав! - теж кинула йому свою претензію і завмерла. - Ба, а як ти тут опинилася?

- А ти й далі думай, що я твої мороки не бачу, - розсміялася Агата. - Час дала тобі подорослішати й розуму набратися, але бачу - даремно!

- Як же з вами складно, відьми! Агата, правнуками вас потішимо тоді, коли самі вирішимо! - видихнув Лісан, і відкрився портал, у який він одразу ступив, забираючи мене із собою.

Моя білка слідом за нами стрибнула, а бабуся тільки голосно розсміялася після останніх слів мого нареченого. Боги, чоловіка!

ГЛАВА 7 - Замок Південного клану.

Виринули з порталу ми в його особистих апартаментах. Чому я так подумала? Тому що Лісан, зробивши кілька кроків уперед, одразу вивантажив мене на ліжко і сам на нього поліз, не даючи мені схаменутися.

Чоловік навис зверху, буквально огортаючи собою і позбавляючи можливості втекти. Я видихнула і смикнулася, вперлася долонями в його груди, намагаючись трохи відсторонити Лісана від себе, але мої руки одразу ж перехопили і, піднявши, зафіксували над моєю головою.

- Лісан, ти... - я нервово ковтнула й облизала пересохлі губи, відчуваючи, як серце робить кульбіт, а тіло зраджує...

Шкіра стала неймовірно чутливою, груди налилися, внизу живота все мліло... Здається, навіть повітря навколо нас наелектризувалося... і іскрилося!

Лісан усміхнувся і жадібно подивився на мої губи і здається... Здається, я стегном відчула "серйозність намірів" новоспеченого чоловіка, обдало жаром, і я сипло потягнула носом повітря... затремтіла...

Звісно, тут, у спальні Лісана, крім нас нікого не було!

Руда пішла в підпростір від гріха подалі, щоб не підглядати... а я... А в мене тіло горіло, вимагаючи пестощів, усередині все обпалювало й мліло... а ще було страшно й ніяково! Він досвідчений, я ні... і що там, до речі, з його коханками? Лісан же так і не відповів на це запитання! А ще він хотів розлучитися! Але...

Обуритися я не встигла! Мій рот, з якого збиралася вирватися купа претензій, найдієвішим способом заткнули, поцілунком.

Ніжним, вимогливим і таким пристрасним... Здається, некроманту зривало дах так само, як і мені. І, на відміну від мене, Лісан не бачив приводів для того, щоб зупинятися! Його руки давно випустили мої зі свого полону і зараз блукали по моєму тілу, мнучи тканину сукні. Лісан переніс вагу свого тіла на лікоть, його рот терзав мої губи, язик некроманта прочинив мої губи і проник всередину, вирвавши з грудей здавлений стогін захоплення... так яскраво, інтимно... абсолютно новий рівень відчуттів... відчуттів, які геть вибивали зі свідомості всі розумні думки. Рука чоловіка доторкнулася до щиколотки, потім підпірнула під поділ сукні й почала дуже повільно задирати його вгору, пестячи при цьому подушечками пальців шкіру на нозі. Завмерла долоня Лісана на моєму стегні, доторкнувшись кінчиками пальців до тоненької ажурної тканини трусиків...

- Ліс... Лісан... - прошепотіла я, вигинаючись і намагаючись відповзти від нього вище, вирватися з солодкого полону його рук і губ. - Що... що ти робиш, безсовісний некромант?! - голос мій звучав украй непереконливо, ще й із придихом...

Природно, ніхто не дав мені відповзти, сильні руки перехопили мене за талію й упевнено повернули на початкове місце.

- Айка, ти ж не маленька... - прошепотів Лісан, прокладаючи доріжку з поцілунків по моїй шиї вниз до ключиці. - Солодка, бажана...

- Ліс... Лісан, я так не хочу! - уперла долоні в м'язисті плечі чоловіка і напрочуд усвідомила, що на некромантові вже немає сорочки!

І здається, цю саму сорочку з нього стягнула саме я! Я, видихнувши, відчинила широко повіки і потонула в неймовірно красивих очах чоловіка. Лісан відсторонився, даючи мені трохи свободи і можливість оговтатися. Дивився він похмуро, але без ненависті чи злоби.

- Айка, тобі ж подобається те, що ми зараз робимо, - зітхнувши приречено, вимовив Лісан, а я, здається, ще сильніше почервоніла і прикрила долонями груди! А потім...

НЕКРОМАНТ ДО ПЛАНІВ НЕ ВХОДИТЬ

- Мати моя Богиня Відьма... - прошепотіла я, намагаючись знайти краї корсета, щоб стягнути його назад, але зрозуміла, що це безглузда витівка, плюнула і просто знову прикрилася долоньками. Найогидніше, що навіть свої дотики подразнювали чуттєві ділянки шкіри і завдавали легкого дискомфорту. Тіло явно хотіло більшого, розум розумів, що саме, але... - Що я творю...

- От Богів зараз згадувати не найвдаліша думка! Не місце їм у нашому ліжку, тим паче зараз! Так благословлять, що завагітнієш із першого разу. Я-то не проти стати батьком, а ось ти, гадаю, ще не готова стати матір'ю, - трохи нервово вимовив Лісан і серйозно подивився на мене. - Айка, чому? Що не так? Ти просто боїшся першого разу або не хочеш близькості саме зі мною? Або тебе турбують формальності? Так їх немає, ти вже почула, що ми з тобою вже давно законне подружжя і непробачно довго жили далеко один від одного, ігноруючи подружній обов'язок.

- Ліс... - я відкрила рот і закрила його назад. От що йому сказати, що відповісти? Особливо коли в мене в крові гуляє порочне прагнення уперемішь зі збудженням, груди так налилися, що болять, внизу між ніг усе стало вологим...

- Айка, відповідай, будь ласка, - усміхнувшись, прошепотів Лісан і ніжно погладив мене подушечками пальців по щоці. - Не хочу, щоб між нами було непорозуміння зараз. Я тобі противний?

- Ти мені подобаєшся, - прошепотіла я і прикусила губу, але погляд від його очей не відводила. - Напевно, більше ніж подобаєшся і... я не думаю, що це через благословення Богів. Мені здається... але...

- І ти не проти бути моєю дружиною?

- Ні, - похитала я головою. - Тепер точно ні. Я не проти бути твоєю дружиною, але...

- І ти не проти перебувати в моєму ліжку?

- Не проти... ні... так... але...

- А ось тепер зупинись і поясни мені своє горезвісне "але", - розсміявся Лісан і сів, а я так і залишилася лежати. Корсет дивовижним чином випарувався, нижню сорочку на грудях розірвано, а спідницю сукні задерто вище колін...

Лісан жадібно пробігся поглядом по моєму тілу, усміхнувся і провокаційно поклав свою долоню на моє коліно, погладивши його, а я здригнулася, відчувши, як від місця його дотику розбігаються хвилі тепла. Магія раділа...

- Так, що за "але"? Ти не хочеш жити в замку? Ти боїшся некромантів, хоча... бачив я, як ти їх боїшся! Виманити на себе цілий погост нежиті... та й з лічем ти не боялася битися. Дітей... дітей любиш. Що не так, Айко?

- Ти сам сказав, що в тебе є кому гріти тобі ліжко! - спалахнула я і, нарешті, дозволила собі вивалити на чоловіка все те, що мене турбувало. - Я не хочу бути однією з... Ти не шукав мене! І потім... після закарбування... Два тижні, Лісан! Два тижні ти не з'являвся після того, як відбулося наше закарбування!

- Давай по пунктах, - зітхнувши, вимовив Лісан і зарившись п'ятірнею у своє волосся, трохи розтріпав його. - Коханки в мене були рівно до того моменту, як з'явилася суджена. Так, я не незайманий, але думаю, тобі такий і не потрібен. Ти стала моєю дружиною, зникли тимчасові жінки. Зраджувати тебе або ображати тебе я не хотів і не хочу! Тож можна сказати, що я вже рік вкрай голодний і незадоволений чоловік і так, зараз мені хочеться не розмовляти, а займатися зовсім іншим... але я розумію, що краще все з'ясувати. І з'ясувати саме зараз! Айка, ну які коханки, коли є не просто дружина, а суджена? Усі інші стають прісними... такий зв'язок не приносить задоволення і розрядки.

- Значить, ти все-таки спав із кимось, коли боги нас уже благословили! - обурено вимовила я, підводячись на ліктях, при цьому відкриваючи огляд на свої груди. Сором дивним чином зник, а ось обурення...

НЕКРОМАНТ ДО ПЛАНІВ НЕ ВХОДИТЬ

Погляд Лісана одразу ж перемістився нижче, а я неусвідомлено посміхнулася. Було приємно, від блиску в його очах, від бажання й жадання, яке там дедалі яскравіше розгоралося.

- Безсовісна відьма, провокуєш? - хмикнув Лісан і знову перевів погляд на мої очі. - Ні, не спав, але пробував. Кажу ж, усе не те, а дружина втекла, опустивши планку самооцінки дуже низько. Гаразд, Айка, це минуле, а в нас є майбутнє. Є ж?

- Є, - прошепотіла я, і мене нахабно одразу ж схопили за щиколотку і стягнули трохи нижче, почавши впевнено стягувати залишки одягу... - Лісан... Лісан! Ну не можна ж так відразу...

- Айка, ти така ніжна і красива, - прошепотів Лісан, стягуючи з мене залишки сукні. - Бажана... пожинай плоди своєї втечі! - розсміявшись, прошепотів чоловік.

Я залишилася в одних ажурних трусиках і відразу ж сіла, підтягнувши до грудей коліна й обхопивши їх руками.

- Ти сам мене не шукав!

- Так, дурень, - кивнув Лісан і, підвівшись, почав знімати з себе штани, а я, кашлянувши, відвернулася і покосилася в бік дверей. - Сенс зараз тікати, моя відьмочко? - прошепотів Лісан, він відкинув брюки вбік. Потім акуратно розтиснув мої руки і перекинув мене спиною на ліжко. Сам приліг на бік поруч зі мною, даючи можливість звикнути до його присутності й уваги. Рука чоловіка лягла на мій живіт і заспокійливо погладила його, домігшись зовсім іншого ефекту! Моє тіло затремтіло. - Ти дуже бажана, Айка.

- Навіщо ти сказав мені в лісі всі ці гидоти? - трохи жалібно прошепотіла я.

- Хотів подивитися на реакцію, зрозуміти, що ти відчуваєш і як ставишся до мене. Зрозуміти, чому втекла і... так, варто визнати, хотів зачепити і заподіяти біль. Хотів, щоб і ти відчула біль втрати, ревнощі. Думаєш, мені було легко дізнатися, що дружина... суджена втекла в розпал приготування до церемонії та свята?

- Я... я вчинила недобре, - винувато прошепотіла я, тільки зараз усвідомивши, скільки біди принесла своїм необачним вчинком. - Було, напевно, багато гостей? Як ти...

- Плювати на гостей, Айка, хоча це трохи вдарило по моєму статусу. Але справа не в цьому, а в тобі! Думаєш, приємно усвідомлювати, що став прив'язаний до жінки, якій не потрібен? Яка, можливо, відчуває до тебе відразу?

- Чому відразу відраза?

- Ти перша, хто втік від свого судженого, - іронічно усміхнувся Лісан. - Такий вчинок не може бути продиктований просто дурістю. Саме так я тоді думав.

- Ліс... пробач, але... ти ж навіть не бачив мене...

- Бачив, Айка, - зітхнув Лісан, і подушечки його пальців побігли вгору, обвели пупок, перебралися на ребра, а потім погладили півкулю правих грудей. Я втягнула носом повітря в легені і знову затремтіла, а чоловік продовжував цю чуттєву муку. Його пальці доторкнулися до затверділого соска, окреслили навколо нього коло, а потім почали грати з горошинкою. З моїх грудей вирвався стогін, а тіло мимоволі вигнулося, але цей безсовісний некромант... Лісан продовжив розмову, немов нічого особливого не відбувається. - У моєму замку є шикарна бібліотека, і вона вся в твоєму розпорядженні. Відьомська школа - це чудово, але академія - це зовсім інше. Так, ви відьми не маги, але загальні ази магії і природу магічних стихій... Звужені визначаються під час безпосередньої зустрічі, зіткнення... Ти, кошеня, сама налетіла на мене в будинку рад магів і не звернула уваги, а боги звернули! Процес запустився. Та й потім... Я приїжджав у ваш родовий дім, мені не двадцять років, кошеня, щоб мовчки сидіти і чекати, коли до мене привезуть мою дружину. Тим паче я глава Південного клану, а ти належиш до давнього роду відьом. Мені і твоїй бабусі було що обговорити. Ти мені сподобалася відразу ж, але... така скуйовджена, обурена і перелякана. Розгублена... Не хотілося ламати тебе, потрібен був час, щоб звикла до нових обставин, а я, ідіот, вирішив його дати. Знав би, як усе обернеться... Боги, дівчинко, як тебе угораздило на людських землях сховатися? А якби справді спалили? Потрібно було відразу тебе на плече і в умовну печеру...

- Ти не дракон, - усміхнувшись, промовила я і накрила руку Лісана своєю. Ця солодка мука була вже нестерпною.

- Некроманти гірші, - усміхнувся чоловік.

- Де, кажеш, твоя бібліотека розташована? - задумливо промовила я і знову покосилася на двері.

- Лаведія завтра покаже її. Не сподівайся сьогодні вислизнути звідси, мила. Пожалій некромантів уже свого рідного клану! Айка, я рік... мені важко просто лежати поруч із тобою!

- Твоя сестра живе тут? - поморщившись, запитала я. Ні, я розумію, що вона сестра, а не коханка, але це ж треба ще переосмислити! Та й я дівчині вже встигла побажати... судженого!

- Ви знайдете спільну мову, - усміхнувся Лісан. - Лаведія всього на рік старша за тебе, але саме вона замінює мене на місці глави, коли мені доводиться відлучатися у важливих справах. Взагалі, вона мила і добра, і ти їй сподобалася. Крім того, у сестри персональні вчителі. Вона не вчиться безпосередньо в академії, але програма та сама. Звісно, ухил на некромантію, але... якщо тобі буде цікаво...

- Мені буде цікаво! А ще з тебе лабораторія і крамниця! Я не збираюся припиняти свою відьомську кар'єру через...

- Добре, - кивнув Лісан.

- Ось так просто? - здивувалася я.

- Ось так просто, - розсміявся чоловік. - Якщо вже в нас день одкровень... чому ти втекла?

- Я відьма, ти некромант, - винувато знизала плечима. - Про вас ходять моторошні чутки, ну і... я стихійниця і відьма природи. Це зараз... після ліча й упирів ваша діяльність видається мені не такою жахливою, а так... слуги-зомбі... бр... - я аж плечима пересмикнула.

- Хто тобі таких дурниць наговорив? - розсміявся Лісан. - Там, де ми живемо, служать виключно живі люди, підняті охороняють замки за периметром, тобто за захисними стінами. Усе інше відбувається в лабораторіях.

- Я цього не знала. Ліс... - я зам'ялася, але все ж озвучила те, що мене ще турбувало. - Чому ти...

- Не прийшов одразу за тобою? По-перше, я глава клану, по-друге, потрібно було закрити питання з лічем і князем, а по-третє...

- А по-третє?

- Переосмислити все і зрозуміти, що закохався в тебе остаточно і безповоротно, а також зрозуміти, що ти не той монстр, якого я малював у своїй уяві, щоб полегшити свою ж дурість.

- Монстр? Це про плітки, що в мене були коханці?

- Не тільки... твій вчинок не вкладався... не піддавався логіці, і я став вважати, що ти маленька егоїстична...

- Стерво? - похмуро запитала я.

- Стерво, - кивнув Лісан. - А ти виявилася маленькою, хороброю, переляканою і тендітною відьмочкою, а ще надто вразливою та імпульсивною. Доброю!

- Я егоїстична і...

- Я ж кажу, відьмочкою, - розсміявся Лісан.

- Лісе, а чому ти вважав, що в мене є коханці? - насупившись, запитала я.

- Чутки різні ходили... - ухильно вимовив Лісан.

- А ці чутки випадково раніше не спали з тобою в одному ліжку? - підозріло запитала я.

- Маленька ревнива відьма, - розсміявся Лісан. - Жодна з моїх колишніх коханок не залишалася в моєму ліжку на всю ніч, і тут... - некромант обвів кімнату рукою. - Тут їх теж не було. Нерозумно таке практикувати, прекрасно усвідомлюючи, що рано чи пізно з'явиться суджена.

- То хто розпускав такі чутки?

- Заради якої мети цікавишся? - примружився Лісан.

- Прокляну, - невинно знизала плечима, а Ліс розреготався.

- Багатьох доведеться проклинати, - заспокоївшись, промовив він. - Айка, ти з давнього роду, я глава клану. Як думаєш, у нас багато заздрісників і тих, хто за спиною точить ніж? Моя помилка в тому, що я свідомо дав цим чуткам прорости в собі. Просто... а навіщо молодій відьмочці тікати від нав'язаного богами чоловіка, якщо її серце не зайняте? - Ліс підвівся на лікті й трохи схилився наді мною. - Вільні відьми дуже темпераментні...

- Про некромантів можна сказати те саме, - прошепотіла я.

- Так, але ж і ти сама підлила масла у вогонь!

- Ти перший почав!

- Згоден, - кивнув Лісан. - Радість моя, ми всі важливі питання закрили?

Я здригнулася, спостерігаючи за тим, як зіниці Лісана стрімко розширюються, майже закриваючи всю райдужку очей. Це заворожувало й водночас лякало... Скільки ж там пристрасті й бажання, я на мить перестала дихати, інстинктивно щільніше стиснувши коліна, а Лісан, помітивши це, тихо розсміявся.

- Розслабся, Айка, я буду дуже ніжним, - прошепотів чоловік, переміщаючи долоню на коліно і ніжно погладжуючи його. Потім його рука ковзнула вниз... - Довірся мені...

- Легко сказати... ай... - видихнула я, прогинаючись у спині, бажання говорити зникло...

Лісан нахилився і доторкнувся язиком до набряклої горошинки грудей, а потім і зовсім втягнув їх до рота, прикушуючи і граючи з ними язиком. Мене, немов струмом вдарило, тіло затремтіло, а дихання збилося. Лісан же накрив другі груди долонею, ніжно стискаючи їх, а потім став покривати повітряними поцілунками шию, плечі, живіт... Мої долоні лягли на м'язисті плечі чоловіка, погладжуючи їх, періодично пальці впивалися в сталеві м'язи, я, наче намагалася залишатися на плаву і шукала, за що можна зачепитися... Голова паморочилася, думок у ній, узагалі, не було, просто було так добре... тіло буквально плавилося і погойдувалося на хвилях насолоди.

Лісан дуже швидко позбувся останнього елемента мого одягу, власне, він і сам повністю оголився. Періодично його мужність упиралася мені в стегно... Або торкалася інших ділянок тіла, збуджуючи ще сильніше...

- Лісан... - стогнала я, а некромант накрив мої губи своїми і став їх пристрасно терзати.

Його рука тим часом вимальовувала фантастичні візерунки на моєму тілі, повільно спускаючись донизу прямо до перлинки жіночності, а там уже все горіло в передчутті й було готове...

Лісан накрив пальцями клітор, я здригнулася і широко розплющила очі.

- Тихіше, Айя, все добре, - прошепотів Лісан, цілуючи мої щоки, губи, ніжно, невинно, заспокоюючи... - Розслабся і розкрийся, я всього лише хочу показати тобі, як може бути приємно від нашої близькості.

Він перемістив пальці трохи нижче, повністю накриваючи лоно і відкриваючи пелюстки. Я видихнула, але змусила себе розслабитися і довіритися вмілим рукам цього чоловіка. Розтиснула ноги, трохи розкриваючись і даючи більше доступу чоловікові... треба ж, чоловікові! Я втекла не просто від нареченого, а від власного чоловіка!

Мої губи тут же зловили в солодкий полон, приглушуючи стогони насолоди. Ліс змінив розташування свого тіла, протиснувся між моїх ніг, змушуючи розвести їх ще ширше. Його пальці творили диво, змушуючи вигинатися, тертися об його руку, піднімати стегна. Із грудей виривалися стогони...

НЕКРОМАНТ ДО ПЛАНІВ НЕ ВХОДИТЬ

- Лісан... - перед очима все пливло, сил терпіти вже не було, про що я прошу чоловіка, я й сама повністю не розуміла.

Тілу потрібна була розрядка...

Відчула, як його затверділа плоть доторкнулася до лона і потерлася об нього. Я сама подалася їй назустріч, мало не хникаючи від нетерпіння... Зараз сумнівів не було і страху не було... Ліс, пальцями доводив мене до межі, але не давав можливості отримати розрядку, розтягуючи задоволення, терпіти яке вже не вистачало сил. Це була солодка мука...

- Не поспішай, маленька, - прошепотів Лісан, знову цілуючи.

Він накрив великим пальцем клітор, роблячи кругові рухи, немов висікаючи іскри насолоди і бажання, і коли моє тіло забилося від особливо яскравих хвиль насолоди, повів своїми стегнами і увійшов на всю довжину, завмираючи і даючи мені звикнути до себе і нових відчуттів. Я схлипнула і розплющила очі, спочатку пронизало різким болем, але він швидко пішов, прикрившись хвилями насолоди, що й далі накривали мене.

Кілька миттєвостей ми з Лісаном просто дивилися одне одному в очі, тонули в них, усе довкола іскрилося, магія й енергія огортали теплими хвилями, лоскотали, пестилися, підживлювали...

А коли Лісан почав рухатися... свідомість уже не розуміла, де перебуває, та й це було не важливо... Я не думала, що може бути так добре... Мене стало накривати новими хвилями збудження і бажання, а чоловік змінював кут проникнення і темп...

Низ живота пульсував, внутрішні м'язи стискалися, а тіло звикало до абсолютно нових відчуттів, ще яскравіших і неймовірніших...

Лісан був ніжний і акуратний, він то прискорювався, то розтягував задоволення, дозволяючи мені ніжитися в його обіймах, тонути в цьому танці любові і стихії.

Найяскравішою хвилею оргазму нас накрило практично одночасно, тіло забилося, я обхопила ногами стегна Лісана, беручи чоловіка у своєрідний полон і щільніше притискаючись до нього, вигинаючись у спині, дряпаючи нігтями його плечі та спину... Із грудей Ліса вирвався здавлений стогін. Він зробив ще кілька поштовхів і завмер, вдавлюючи моє тіло в ліжко...

Обпекло теплом, яке розливалося по лону, що зробило відчуття ще яскравішими, а приємна пульсація подовжила задоволення, погойдуючи на хвилях млості...

Я не приймала протизаплідних зілля, але знала... відчувала, що зараз у цьому й немає потреби. Це питання Лісан залишив на мій розсуд, на магічному рівні. Я сама вирішу, коли буду готова стати матір'ю, а поки що моя енергетика і магія звикатимуть до Ліса, вдосконалюватимуться і посилюватимуться. Магія природи і магія некромантії мають прийти в рівновагу...

Від цього стало дуже тепло на душі, адже чоловікові була потрібна саме я, а не просто поява спадкоємця.

- Лісе, ти неймовірний, - прошепотіла я, цілуючи його в шию і притискаючись щільніше. - Пробач мені...

Лісан усміхнувся і нічого не відповів. Він перекотився на спину, тягнучи за собою і мене, а потім просто притиснув до свого боку.

Ми просто лежали в обіймах одне одного і ніжилися в неймовірній млості та блаженстві...

У голові проскочила думка: "Навіщо тікала?". Але ж справді, навіщо? Спільне життя з Лісаном обіцяло бути яскравим, незабутнім і гарячим... Мій некромант виявився не тільки дуже серйозним і розважливим, а й ніжним, уважним коханцем, турботливим і ревнивим чоловіком, і неймовірно розумним чоловіком, а ще сильним магом...

Такий захистить, вирішить усі проблеми і завжди підтримає, але... все має бути взаємним! І я готова була подарувати йому свою любов, ніжність, довіру і турботу! Вірність!

89

Don't miss out!

Visit the website below and you can sign up to receive emails whenever Olena Shevtsova publishes a new book. There's no charge and no obligation.

https://books2read.com/r/B-A-OCFU-TQISD

BOOKS 2 READ

Connecting independent readers to independent writers.

Мій світ перевернувся до гори дриґом в одну мить, я навіть оком не встигла моргнути. Ще вчора була просто археологом і вірила тільки фактам. А сьогодні ці факти вперто твердять, що енергетичні вампіри з природними духами існують! Але от як прийняти, що сама я - Хранитель!Залишилося тільки зрозуміти хранитель чого? І не тільки це: як позбутися вампіра, що прилип до мене як п'явка, і що робити з Володарем Вітрів, який став моїм чоловіком, рятуючи мене від чергової неприємності...Усі відповіді, здається, лежать у моєму минулому і всі, кого вважала друзями, можуть виявитися зовсім не друзями...